WITHDRAWN

Carol Marinelli
El jeque atormentado

HARLEQUIN™

Editado por HARLEQUIN IBÉRICA, S.A.
Núñez de Balboa, 56
28001 Madrid

© 2013 Carol Marinelli. Todos los derechos reservados.
EL JEQUE ATORMENTADO, N.º 2235 - 5.6.13
Título original: Beholden to the Throne
Publicada originalmente por Mills & Boon®, Ltd., Londres.

I.S.B.N.: 978-84-687-2735-6
Depósito legal: M-10181-2013
Editor responsable: Luis Pugni
Fotomecánica: M.T. Color & Diseño, S.L. Las Rozas (Madrid)
Impresión en Black print CPI (Barcelona)
Fecha impresion para Argentina: 2.12.13
Distribuidor exclusivo para España: LOGISTA
Distribuidor para México: CODIPLYRSA
Distribuidores para Argentina: interior, BERTRAN, S.A.C. Vélez
Sársfield, 1950. Cap. Fed./ Buenos Aires y Gran Buenos Aires,
VACCARO SÁNCHEZ y Cía, S.A.

Capítulo 1

SU MAJESTAD, el jeque Emir ha accedido a hablar contigo.

Amy levantó la vista y vio a Fatima, una de las sirvientas, entrando en la habitación infantil en la que ella le estaba dando la cena a las jóvenes princesas.

–Gracias. ¿A qué hora...?

–Te está esperando –la interrumpió Fatima en tono impaciente.

–Están cenando... –empezó Amy, pero no se molestó en continuar.

Al fin y al cabo, al jeque le daban igual las rutinas de sus hijas. De hecho, casi no veía a las gemelas y eso a Amy le estaba rompiendo el corazón.

No sabía que últimamente estaban muy empalagosas, ni lo mal que comían. Ese era uno de los motivos por los que Amy había pedido que la recibiese. Al día siguiente, las niñas pasarían a manos de los beduinos. Primero estarían en un oasis y después pasarían la noche con personas a las que no conocían. Fatima le había contado que era una tradición ancestral, y las tradiciones no podían cambiarse.

Pero ella iba a intentarlo.

Las niñas habían perdido a su madre con solo dos semanas de vida y desde entonces su padre casi no había ido a verlas. Era ella la que estaba con las pequeñas todos los días. Era en ella en la que confiaban. No podía entregárselas a unos extraños sin oponer ninguna resistencia.

–Yo me quedaré con ellas y les daré la cena –le propuso Fatima–. Tú debes arreglarte para la audiencia con el jeque.

Miró el vestido azul claro de Amy con desaprobación, era el uniforme de la niñera real. Se lo había puesto limpio esa mañana, pero a esas horas era evidente que había pasado la tarde pintando con pintura de dedos con Clemira y Nakia.

A pesar de pensar que el jeque no iba a fijarse en su ropa, Amy fue a ponerse un vestido limpio y se recogió la melena rubia en una coleta. Después, se cubrió la cabeza con un pañuelo de seda azul más oscuro. No iba maquillada, pero tenía la costumbre de asegurarse siempre de que los extremos del pañuelo le tapaban la cicatriz que tenía en el cuello. Odiaba que se la mirasen y, sobre todo, odiaba que le preguntasen por ella.

No le gustaba hablar del accidente ni de sus secuelas.

–Son demasiado caprichosas con la comida –protestó Fatima cuando Amy volvió a entrar en la habitación de las niñas.

Ella contuvo una sonrisa al ver que Clemira hacía una mueca y tiraba al suelo la cuchara llena de comida que Fatima le ofrecía.

–Solo hay que convencerlas de que lo prueben –le explicó ella–. Es la primera vez que comen ese plato.

–¡Tienen que aprender a comportarse! –replicó Fatima–. La gente estará pendiente de ellas cuando estén en público y mañana se marchan al desierto. Allí solo podrán comer fruta y a la gente del desierto le dará igual que la escupan.

Miró a Amy de pies a cabeza.

–Acuérdate de inclinar la cabeza cuando entres, y de mantenerla agachada hasta que el jeque hable. Y dale las gracias por cualquier sugerencia que te haga.

¡Darle las gracias!

Amy se contuvo para no contestar.

Al ver que se marchaba, Clemira la llamó:

–¡*Ummi!* –gimoteó–. ¡*Ummi!*

Y Fatima la miró horrorizada al ver que la llamaba mamá en árabe.

–¿Así te llama? –inquirió.

–No sabe lo que quiere decir –respondió Amy rápidamente.

Pero Fatima ya se había levantado y estaba furiosa.

–¿Qué le has enseñado? –la acusó.

–Yo no le he enseñado a llamarme así –se defendió Amy, asustada–. De hecho, he intentado que no lo haga.

Era cierto. Había intentado que las gemelas la llamasen por su nombre, pero no había habido manera de impedir que Clemira la llamase mamá.

–Se parece a mi nombre –le explicó a Fatima.

Pero entonces Nakia imitó a su hermana y la llamó también:

–*Ummi*.

–¡Amy! –la corrigió ella.

Pero Fatima seguía enfadada.

–Si el jeque las oye llamarte así tendrás problemas –le advirtió–. Serios problemas.

–¡Lo sé! –respondió ella, conteniendo las lágrimas.

Salió de la habitación intentando no sentirse afectada por los llantos de las niñas que iba dejando atrás.

Tenía que hablar con el jeque, se dijo nerviosa. No obstante, la idea de hacerlo no le entusiasmaba. El jeque Emir, rey de Alzan, no era un hombre accesible, sobre todo, desde la muerte de su esposa Hannah. Los muros de palacio estaban cubiertos de retratos de hombres morenos e imponentes, pero, desde la muerte de su esposa, ninguno imponía más que el jeque Emir.

Y ella tenía que enfrentarse a él. Vio a los guardias que custodiaban la puerta y se dijo que tenía que hacerlo, por difícil que fuese. Tenía que hacerlo antes de que el jeque se fuese al desierto con sus hijas.

Se detuvo delante de las pesadas puertas labradas y esperó a que los guardias asintiesen y las abriesen. La habitación le recordó a la sala de un juzgado. Emir estaba sentado detrás de un gran escritorio, vestido de negro, con un *kayefa*. Estaba en el centro, rodeado de asistentes y ancianos. Y Amy se dijo que tenía que encontrar el valor de exponer su caso.

–¡Agacha la cabeza! –le recordó bruscamente uno de los guardias.

Amy lo hizo y entró. Todavía no podía mirar al jeque, pero notó su mirada oscura clavada en ella mientras su secretario personal, Patel, la presentaba en árabe. Ella mantuvo la cabeza inclinada hasta que Emir habló por fin.

–Hace varios días que pediste verme, pero tengo entendido que a las gemelas no les ocurre nada.

Se dirigió a ella en su idioma y Amy pensó en el tiempo que hacía que no lo oía hablar en él. Normalmente, cuando pasaba a ver las niñas solo decía un par de palabras en árabe antes de marcharse. Allí de pie, delante de él, Amy se dio cuenta de lo mucho que había echado de menos oír su voz.

Recordó los días posteriores al nacimiento de las niñas, cuando el jeque todavía había sido un hombre accesible, preocupado por su esposa enferma y agradecido de recibir cualquier sugerencia que ella le hiciese acerca de las niñas. Tan accesible, que a Amy se le había llegado a olvidar que era el jeque y se habían llamado por sus nombres. Intentó mantener aquella imagen de él en mente y lo miró, decidida a hablar con el padre de las pequeñas y no con el jeque.

–Clemira y Nakia están bien –empezó–. Bueno, están bien físicamente...

Lo vio fruncir el ceño.

–Quería hablarle acerca de sus progresos, y también de la tradición...

–Mañana nos vamos al desierto –la interrumpió Emir–. Estaremos allí veinticuatro horas, así que tendremos tiempo de sobra de hablar de sus progresos.

–Pero quería hablar de esto sin que las niñas nos oigan. No quiero que se disgusten con mis palabras.

–Van a cumplir un año –dijo Emir–. Dudo que vayan a entender lo que hablemos.

–Es posible que...

Amy sintió que se ahogaba, que la cicatriz del cuello se le inflamaba. Sabía lo que era tener que guardar silencio, sabía lo que era escuchar y no poder responder. Sabía muy bien lo que era que hablasen de tu vida contigo delante y no poder participar en la conversación. Si existía la más mínima posibilidad de que las niñas los entendiesen, no se arriesgaría a hablar delante de ellas. De todos modos, había ido allí a discutir de algo más que de sus progresos.

–Fatima me ha contado que las gemelas van a tener que pasar la noche con los beduinos...

Emir asintió.

–No me parece buena idea –continuó ella–. En estos momentos están muy mimosas. Se ponen a llorar en cuanto salgo de la habitación.

–De eso se trata –le dijo Emir–. Todos los miembros de la familia real tienen que pasar unos días al año con la gente del desierto.

–¡Son demasiado pequeñas!

–Siempre se ha hecho así. Es una tradición y no está abierta a debate.

Amy se dio cuenta de que tenía que aceptarlo, aquella era una tierra en la que las leyes y las tradiciones se respetaban a rajatabla. Lo único que podía hacer era ayudar lo máximo posible a las gemelas.

–También quería hablarle de otros asuntos –dijo Amy, mirando a su alrededor–. ¿Podríamos hacerlo en privado?

–¿En privado? –repitió Emir en tono molesto–. No es necesario. Dime lo que hayas venido a decirme.

–Pero...

–¡Dilo!

No gritó, pero había enfado e impaciencia en su voz. Y su mirada era retadora. Amy casi no lo reconocía. No era el mismo hombre que un año antes. Por entonces también había sido un jeque valiente, un gobernante severo, pero también había sido un hombre sensible a las necesidades de su esposa enferma, un hombre que se había olvidado del deber y del protocolo para cuidar de esta y de sus hijas.

–Las niñas casi no lo ven –empezó Amy–. Lo echan de menos.

–¿Y te lo han dicho a ti? –le preguntó él, haciendo una mueca–. No era consciente de que tuviesen tanto vocabulario.

Patel rio antes de dar un paso al frente.

–El jeque no necesita oír esto –le dijo a Amy.

–Tal vez no –insistió ella–, pero las niñas necesitan a su padre. Necesitan...

–No hay nada de qué hablar –la interrumpió Emir, zanjando la conversación con un ademán.

Los guardias abrieron la puerta y Patel le hizo un gesto para que saliese, pero ella se quedó donde estaba.

–De eso nada, ¡hay muchas cosas de las que hablar!

Oyó varios gritos ahogados y notó la tensión a su alrededor. Nadie le llevaba la contraria al jeque y mucho menos una simple niñera.

–Lo siento, Majestad –le dijo Patel al jeque, haciendo una reverencia y acercándose a Amy.

–¡Tiene que escucharme! –insistió esta.

–El jeque ha terminado de hablar contigo –le advirtió Patel.

–Pues yo no he terminado de hablar con él –replicó Amy, levantando la voz.

Miró a Emir a los ojos. Estaba nerviosa, aterrada, sí, pero había llegado hasta allí y no podía marcharse sin más.

–Majestad, tengo que hablar con usted de sus hijas antes de que vayamos al desierto. Hace días que esperaba esta audiencia. En mi contrato pone que tengo derecho a reunirme de manera regular con los padres de las niñas para hablar de ellas.

Le disgustaba tener que pedir una audiencia al jeque para hacerlo y no se iba a marchar de allí sin decirle lo que le tenía que decir.

–Cuando acepté el puesto de niñera real lo hice pensando que iba a ayudar a criar a las gemelas y que cuando estas cumpliesen los cuatro años...

Se le quebró la voz al ver que Emir no la estaba escuchando. En su lugar, estaba hablando con Patel en árabe. Vio cómo sacaban una carpeta, probablemente, con su contrato, y cómo el jeque se ponía a leer el documento que había dentro.

–Firmaste un contrato de cuatro años –dijo este–. Estarás aquí hasta que las gemelas se marchen a un internado a Londres y después, volveremos a negociar los términos, eso fue lo que acordamos.

–¿Y se supone que tengo que esperar otros tres años para que podamos hablar de las niñas?

Amy se olvidó de que estaba ante el jeque. Estaba tan enfadada que le habló en tono irónico.

–¿Tengo que esperar tres años más para poder hablarle de cualquier tema? –continuó–. Si quiere que hablemos del contrato, hablaremos de él. ¡Usted no está cumpliendo con su parte!

–Basta ya –le respondió Patel.

Le hizo un gesto a uno de los guardias para que la sacase de la sala, pero Amy se mantuvo firme incluso cuando este la agarró del brazo. El velo que le cubría el pelo se le movió y ella intentó zafarse del guardia.

Fue Emir el que detuvo aquella salida tan poco digna. No necesitaba que un guardia se ocupase de aquella mujer, así que le hizo un gesto para que la soltase y le dijo algo en árabe. El guardia obedeció y la soltó.

–Continúa –la retó Emir.

Aquella mujer se había atrevido a sugerir que él, el jeque Emir de Alzan, había incumplido un contrato.

–Dime por qué he incumplido mi palabra.

Ella se mantuvo recta, le costaba respirar, pero agradeció que le diese otra oportunidad para hablar.

–Las gemelas necesitan un padre... –empezó sin

parpadear–. Como ya he dicho, mi papel consiste en ayudar a criarlas aquí en palacio y cuando viajen a Londres.

Entonces pensó que tal vez fuese mejor empezar por los temas menos emotivos.

–Hace más de un año que no voy a casa.

–Continúa –le dijo él.

Amy respiró hondo e intentó encontrar la mejor manera de explicarse.

–Las niñas necesitan más de lo que yo puedo darles...

Dudó antes de proseguir. Las niñas necesitaban amor y ella se lo daba, pero, sobre todo, necesitaban unos padres. Y tenía que decírselo al jeque. Tenía que recordarle qué era lo que Hannah habría querido para sus hijas.

–Se supone que voy a estar con ellas hasta que cumplan los cuatro años. Y se supone que yo iba a tener dos noches libres a la semana, pero...

Él volvió a interrumpirla para hablar en árabe a Patel. Tuvieron una breve conversación y después Emir le dijo:

–Está bien, Fatima te ayudará con las niñas. A partir de ahora, tendrás tus noches libres, y tus vacaciones.

Amy no pudo creer que el jeque le hubiese dado la vuelta así a la conversación. No había ido allí a hablar solo de sus vacaciones.

–Eso es todo.

–¡No! –exclamó ella con voz firme–. No quería decir eso. Quiero decir que mi trabajo consiste en

ayudar, ayudar a los padres en la crianza de las niñas, no en criarlas yo sola. Jamás habría aceptado
el trabajo si no hubiese sido así. La reina Hannah
me entrevistó...

Emir palideció al oír hablar de su difunta esposa,
pero el dolor tardó solo unos segundos en verse
reemplazado por la ira.

Se levantó y toda la sala guardó silencio. Era un
hombre imponente, alto, de hombros anchos, moreno. Era un guerrero, un hombre del desierto al que
nadie podría nunca domar. Y, además, era el rey.

—¡Fuera! —rugió Emir.

En esa ocasión, Amy decidió obedecer. Supo
que había ido demasiado lejos al hablarle del pasado.

—¡Tú no! —añadió, haciendo que se detuviese—.
Marchaos todos los demás.

Amy se giró muy despacio y posó sus ojos azules
en los negros de aquel jeque tan enfadado. Lo había
disgustado y tendría que enfrentarse a él a solas.

—La niñera, que se quede.

Capítulo 2

LA NIÑERA.

Mientras esperaba su suerte, aquellas palabras retumbaron en los oídos de Amy, casi segura de que el jeque se había olvidado de su nombre. Estaba criando a sus hijas y no sabía nada de ella. No obstante, no iba a decírselo en esos momentos en los que estaba a punto de quedarse sin trabajo. Tenía el corazón acelerado porque no quería separarse de las gemelas y sabía que no soportaría marcharse de allí sin despedirse de ellas.

Fue eso lo que la alentó a disculparse.

—Por favor... —empezó—. Discúlpeme.

Pero el jeque la ignoró mientras la habitación se iba vaciando.

—Patel, márchate tú también —le dijo a su secretario.

Este siguió a regañadientes al resto y cerró la puerta tras de sí, y Amy se quedó a solas con el jeque por primera vez en casi un año, aterrada.

—¿Qué decías?

—Que no tenía que haber hablado así.

—Es un poco tarde para echarse atrás —le respondió Emir—. Ya tienes la privacidad que querías. Tienes la oportunidad de hablar. ¿Cómo es que, de repente, te has quedado sin voz?

–No.

–Pues habla.

Amy no podía mirarlo. Respiró hondo y, con la vista clavada en el suelo, se dio cuenta de que tenía las manos juntas. Las separó y se obligó a levantar la barbilla y mirarlo a los ojos. El jeque tenía razón, ya tenía lo que quería. Tenía la oportunidad de hablar con él e iba a hacerlo por el bien de Clemira y de Nakia. Era probable que la despidiesen, pero tenía la esperanza de que las cosas cambiasen si el jeque escuchaba lo que tenía que decirle.

Tenían que cambiar.

Por ese motivo se obligó a hablar.

–Cuando me contrataron, fue para ayudar en la crianza de las gemelas –dijo con voz tranquila a pesar de tener el corazón acelerado–. La reina Hannah tenía muy claro lo que quería para las niñas y ambas teníamos valores similares... –se interrumpió porque no podía compararse con la difunta reina–. O, más bien, digamos que yo admiraba los valores de la reina. Comprendí lo que quería para las niñas porque hablamos mucho acerca de su futuro. Por eso firmé el contrato que firmé.

–Continúa –le dijo Emir.

–Cuando acepté el trabajo me di cuenta de que el embarazo no había sentado bien a la reina, de que era probable que tardase en recuperarse y que era posible que no pudiese hacer todo lo que quería hacer con sus hijas. Sin embargo...

–Estoy seguro de que la reina Hannah habría preferido que te limitases a ayudarla a criar a las niñas –la interrumpió Emir–. Estoy seguro de que, cuando te contrató, no tenía intención de morirse.

Hizo un gesto de desdén y añadió en tono sarcástico:

–Siento las molestias.

–¡No!

Amy se negaba a permitir que el jeque volviese a darle la vuelta a la conversación.

–Aunque la reina Hannah siguiese viva, yo estaría encantada de levantarme por las noches para atender a las gemelas si eso fuese necesario. Era una mujer maravillosa, una madre increíble, y habría hecho cualquier cosa por ella... Habría hecho cualquier cosa por la reina Hannah, pero...

–Tendrás ayuda –le dijo Emir–. Me encargaré de que Fatima...

Amy no podía creer que el jeque no la entendiese. Lo interrumpió.

–Las pequeñas no necesitan otra niñera. ¡Necesitan un padre! Estoy harta de levantarme por las noches mientras su padre duerme.

–Su padre es el rey –le dijo él enfadado, con incredulidad–. Su padre está ocupado gobernando el país. Tengo a veinte trabajadores atrapados en una mina de esmeraldas, pero en vez de ocuparme de ellos, estoy escuchándote a ti. ¿Mi pueblo está nervioso por el futuro de su país y tú esperas que yo, el rey, me levante por las noches para atender a las niñas?

–¡Antes lo hacía! –replicó ella al instante–. Se levantaba por las noches cuando lloraban.

Él volvió a poner gesto de dolor, pero en esa ocasión no se disipó tan pronto. Se quedó allí. El jeque cerró los ojos, se apretó el puente de la nariz con los dedos y Amy lo vio respirar hondo y supo que en el fondo seguía siendo el mismo Emir de siempre, al que ella estaba deseando volver a ver. Quería ver cómo volvía a ocuparse de sus hijas, por eso continuó:

–Le llevaba a la reina Hannah a una de las niñas, para que la alimentase y mientras se ocupaba de la otra.

Él apartó la mano de su rostro y apretó el puño, pero Amy se dio cuenta de que su gesto estaba rígido de dolor, no de ira.

–Y no, no espero que se levante por las noches, pero sí pienso que podría venir a ver a las niñas todos los días. No creo que sea tanto pedir que forme parte de sus vidas. Están empezando a hablar...

Emir sacudió la cabeza, pero Amy tuvo que continuar, tenía que contarle todo lo que se estaba perdiendo, aunque fuese ella la que perdiese el trabajo al terminar.

–Clemira ya se pone de pie sola. Se apoya en los muebles y Nakia intenta imitarla... Aplaude y sonríe y...

–Basta –le dijo él.

–¡No!

No podía parar.

Estaba demasiado disgustada para darse cuenta

de que el jeque se lo estaba suplicando, se había puesto a llorar y se le acababa de caer el pañuelo de la cabeza al suelo. Quiso recogerlo y volver a ponérselo porque Emir le había mirado el cuello, la horrible cicatriz que tenía en él, pero no se molestó en intentar tapársela con las manos. Tenía algo mucho más importante en mente: dos niñas a las que había visto nacer y que le habían conquistado el corazón.

–Tiene que saber las cosas que le pasan a sus hijas. Cumplirán un año dentro de dos días y van a estar aterradas en el desierto, aterradas porque las van a separar de mí. Y, después, cuando vuelvan a palacio, se las engalanará para que la gente las admire. Usted las tomará en brazos y ellas se pondrán muy contentas, pero al día siguiente volverá a ignorarlas...

Amy estaba segura de que iban a despedirla, pero no podía parar.

–No soporto que las traten así.

–¡Las tratan como a princesas, que es lo que son! –replicó Emir–. Tienen todo...

–¡No tienen nada! –exclamó Amy–. Tienen las mejores ropas, las mejores cunas, los mejores muebles y las mejores joyas, pero eso no significa nada porque no tienen a su padre. Solo porque...

–Continúa –le dijo él en tono retador.

–Me parece que ya he dicho suficiente.

No merecía la pena continuar. Emir no iba a cambiar de postura. Amy recogió su pañuelo y volvió a ponérselo en la cabeza.

–Gracias por su tiempo, Majestad.

Se dio la media vuelta para marcharse, pero su voz la detuvo:

–Amy...

Así que sí que recordaba su nombre.

Se giró a mirarlo a los ojos negros. Seguía habiendo dolor en ellos, pero también empezaba a haber enfado.

–No eres quién para poner en duda nuestras tradiciones.

–¿Y quién soy?

–Una empleada.

El jeque le había dejado las cosas muy claras, pero, al menos, parecía que no la había despedido.

–Lo recordaré en un futuro –le respondió ella.

–Eso espero –le advirtió Emir, viéndola salir de su lujoso despacho.

Amy acababa de marcharse cuando entró Patel.

–Lo siento, Majestad. No debí permitir que hablase con usted a solas. No deberían molestarlo con asuntos tan triviales.

Emir levantó una mano para hacerlo callar. Sus palabras solo exacerbaron su ira.

–Déjame solo.

Patel obedeció y una vez a solas, Emir respiró hondo y se acercó a la ventana, desde la que se veía el desierto al que al día siguiente se llevaría a las niñas.

Era algo que le asustaba.

Tenía miedo de lo que ocurriría al día siguiente, no solo le daba miedo entregárselas a las gentes del desierto, sino también el tiempo que estaría con ellas antes, viéndolas ponerse en pie, aplaudir, reír, intentando hablar, tal y como Amy le había descrito.

Su conversación con esta lo había puesto todavía más nervioso. No por la forma en la que se había atrevido a hablarle, sino porque todo lo que le había dicho era cierto.

Y él era muy consciente de ello.

Amy tenía razón.

Miró la fotografía que tenía encima del escritorio, en la que aparecía junto a Hannah y las niñas. Él parecía sonreír, pero era una sonrisa falsa. Siempre había sabido lo enferma que estaba su esposa.

Hannah también sonreía en la imagen, pero su mirada era triste. ¿Habría sabido ella también que se estaba muriendo? ¿O se debería su tristeza a que sabía que el reino de Alzan necesitaba un heredero varón si no quería volver a pertenecer a Alzirz y al jeque Rakhal?

Nada más ver a sus dos maravillosas hijas, Hannah se había disculpado por no haberle dado un hijo y después le había hecho prometer que haría lo que fuese mejor para las niñas.

¿Cómo iba a hacerlo?

La esposa de Rakhal, Natasha, estaba a punto de dar a luz. Las leyes de Alzirz eran distintas a las de Alzan, allí sí podía reinar una mujer.

Rakhal se relamería en cuanto naciese su hijo, sobre todo, si resultaba ser un varón.

El rostro de Emir se ensombreció al pensar en su rival. Tomó dos piedras que había encima del escri-

torio y las levantó. Eran dos zafiros rosas que Rakhal le había regalado para celebrar el nacimiento de
sus dos hijas, y que le había hecho llegar justo la
mañana en la que Hannah había fallecido.

Hannah había pensado que eran rubíes, había
creído que la rivalidad entre ambos reinos estaba
disminuyendo.

Y Emir no la había contradicho para no disgus-
tarla, pero sabía que sin un heredero varón, perdería
el reino.

Lanzó las piedras preciosas hacia la pared y deseó que pudiesen romperse.

Odiaba a Rakhal, pero, sobre todo, odiaba la decisión que iba a tener que tomar. Porque no era
Hannah la única que le había pedido algo en su le-
cho de muerte, su padre lo había hecho también antes de morir en el desierto. Y le había prometido
que haría lo que fuese mejor para su país.

Era imposible cumplir ambas promesas.

Pero sí podía cumplir una.

Sería una decisión que no estaría basada en emociones, así que tomó la fotografía y la miró por última vez antes de meterla boca abajo en un cajón.

Tendría que olvidarse de sus emociones y pensar
en el futuro, no solo de sus hijas, sino de todo el
país.

Capítulo 3

HACÍA demasiado calor para dormir.
El ventilador que había encima de la cama
apenas movía el aire de la noche y el hecho de que Amy hubiese estado llorando desde
que había acostado a las gemelas tampoco ayudaba. Tenía el rostro acalorado, así que salió de la
cama, abrió las puertas y salió al balcón a respirar
algo de aire fresco, pero las noches eran cálidas en
Alzan y a pesar de la suave brisa, no consiguió ali-
viarse.

Una luna casi llena iluminaba el desierto y Amy
miró hacia donde estaba Alzirz, donde, según le habían dicho, las noches eran frías. Deseó estar allí,
no solo por el calor, sino también por otros motivos.
En Alzirz podían reinar las mujeres.

No se despreciaba a las niñas.

Aunque eso no era del todo cierto. Alzan también era un país progresista en muchos aspectos: había universidades para mujeres y a raíz de la muerte
de la reina Hannah, el jeque había ordenado la cons-
trucción de una maternidad con las últimas tecno-
logías que llevaría su nombre. El jeque Emir había
hecho que su pueblo mejorase poco a poco, aunque

al mismo tiempo siguiese aferrado a las leyes y a las tradiciones de sus antepasados.

Durante mucho tiempo, ambas naciones habían sido una sola, Alzanirz, pero después se habían separado y en esos momentos eran rivales.

Ella había tenido la oportunidad de ver al rey Rakhal y a su esposa, Natasha, en varias ocasiones. Esta siempre había sido muy agradable y se había interesado por las niñas. Rakhal, por su parte, se había comportado de manera educada, pero fría. Amy había sentido el odio que había entre los dos hombres.

No obstante, no era el otro jeque el que la preocupaba en esos momentos, sino el que la tenía contratada.

Decidió que tenía que marcharse de allí. Se había implicado demasiado con las niñas. Su propia madre se había dado cuenta y le había dicho que volviese a casa, pero ella no lo tenía tan claro. No se imaginaba abandonando a las gemelas.

«Ummi».

Le dolía oír a Clemira y Nakia llamándola así y saber que jamás sería madre.

Tomó aire e hizo un esfuerzo para no ponerse otra vez a llorar. Era algo que ya tenía asumido, pero en noches como aquellas, volvía a dolerle. En ocasiones, lo único que podía hacer era llorar por una época más feliz.

Cerró los ojos e intentó recordar los meses y las semanas anteriores al accidente. Poco a poco, había empezado a acordarse de cosas, de cómo había escogido su vestido de novia, las invitaciones, pero solo podía ver imágenes. No recordaba cómo se había sentido.

Siempre había trabajado con niños y había estado a punto de casarse y formar una familia cuando un accidente montando a caballo le había destrozado la vida. Había roto sus esperanzas y sueños, su relación e incluso la posibilidad de tener hijos.

Tal vez hubiese sido lo mejor, se dijo, y tal vez fuese menos doloroso no recordar aquella época feliz.

Había sido un alivio poder salir de Londres y huir de la compasión y de la atención de los suyos, pero su madre le había advertido que era demasiado pronto para aceptar aquel trabajo, y demasiada responsabilidad, que solo lo hacía para evadirse de sus problemas. No era cierto.

Se había sentido tentada por la idea de trabajar con dos bebés desde su nacimiento y de desempeñar un verdadero papel en su vida. La reina Hannah había sido muy consciente de los retos a los que tendrían que enfrentarse sus hijos, le había hablado a Amy de la decepción en la que se sumiría el país si eran niñas, sobre todo, si después era demasiado peligroso que volviese a quedarse embarazada.

Hannah había querido que sus hijas fuesen educadas en Londres, y que viviesen allí como dos niñas normales. Había planeado que Amy la ayudase con ellas durante cuatro años en Alzan para después escolarizarlas en el Reino Unido. Amy sería una parte muy importante de sus vidas, no una madre, por supuesto, pero algo más que una tía.

¿Cómo iba a marcharse?

¿Cómo iba a marcharse porque no le gustaba la manera en la que se estaba tratando a las pequeñas?

Pero, ¿cómo iba a quedarse?

Recorrió el pasillo para ir a ver cómo estaban, descalza, en silencio. Era un camino que hacía muchas veces a lo largo del día y de la noche, sobre todo en esos momentos, que les estaban saliendo los dientes. No obstante, lo que se encontró al llegar a la habitación no fue lo mismo de siempre.

Allí estaba Emir, dándole la espalda, con Clemira dormida en brazos, apoyada en su hombro como si fuese el lugar en el que tenía que estar.

Emir estaba en silencio y había una tristeza en él que Amy supo que no querría que ella presenciase, la misma tristeza que había mostrado los primeros días después de la muerte de Hannah. Después se había ido de *tahir*, se había marchado al desierto. Y había vuelto siendo un hombre completamente diferente, frío y distante, que raramente se dignaba a ir a ver a sus hijas.

En esos momentos su actitud no era ni fría ni distante, con Clemira en brazos. Llevaba unos pantalones largos, de seda negra, y el torso desnudo. No era la primera vez que Amy lo veía así, pero nunca antes la había conmovido.

Echaba de menos al hombre al que había creído conocer durante los primeros días de vida de las gemelas y tenía la sensación de que esa noche, por un momento, ese hombre había vuelto.

Emir había perdido peso desde entonces y sus

músculos estaban en esos momentos más definidos, pero lo que más llamó la atención de Amy fue la ternura con la que sujetaba a su hija. Deseó acercarse a él y apoyar la mano en su hombro para que sintiese su apoyo, pero supo que no lo querría y, dado que ella estaba en camisón, pensó que lo mejor sería marcharse.

–¿Has pensado en abandonar?

Emir se giró justo cuando ella iba a salir de la habitación. Amy no pudo mirarlo. Solía ir con la cabeza cubierta, lo mismo que el cuerpo, y se sentía incómoda así.

Respondió a la pregunta lo mejor que pudo.

–No sé qué hacer.

Clemira cambió de postura y él la dejó con cuidado en la cuna y se quedó mirándola fijamente antes de girarse hacía Amy.

–Has estado llorando.

–Hay muchas cosas por las que llorar –respondió ella–. Jamás pensé que consideraría la idea de marcharme. Cuando Hannah me entrevistó, quiero decir, la reina...

–Hannah –la interrumpió él–. Así es como ella te pidió que la llamases.

Amy le agradeció la corrección, pero no podía hablar de aquello delante de las niñas, no podía tener esa conversación sin venirse abajo. Así que le dio las buenas noches y salió de la habitación.

–¡Amy! –la llamó él.

Ella siguió andando, decidida a llegar a su habitación antes de volver a ponerse a llorar, sorprendida de que el jeque la siguiese y entrase en ella también.

–No puedes marcharte de Alzan ahora. Yo creo que lo mejor para las niñas sería...

–¡Por supuesto que lo mejor sería que me quedase! –lo interrumpió, a pesar de saber que no debía hacerlo. Estaba furiosa–. Por supuesto que las niñas necesitan que las cuide alguien que las quiera, pero mi trabajo no consiste en quererlas. Solo soy una empleada.

Se dirigió de nuevo hacia el balcón para intentar respirar un poco mejor, pero Emir la detuvo.

–¡No te marches cuando estoy hablando contigo!

–¡Estoy en mi habitación! –replicó ella, girándose a mirarlo–. Da la casualidad de que es el único lugar en la prisión que es este palacio en el que yo pongo las normas, donde puedo hablar cuando quiera y, si no le gusta, si no quiere oír lo que tengo que decir, puede marcharse.

Quería que el jeque se fuese de su habitación, pero lo que hizo este fue acercarse más. Ella retrocedió, avergonzada y confundida por la respuesta de su cuerpo ante la proximidad de Emir.

Había ira en el ambiente, pero también había algo más. Porque el jeque era un hombre impresionante y ella se había dado cuenta, cómo no, y porque en su despacho o en la habitación de las niñas era su jefe, pero allí, en su propia habitación, era más que eso.

–Quiero a sus hijas y la idea de marcharme me rompe el corazón –admitió–, pero hace casi un año que falleció Hannah y no puedo seguir poniendo excusas. Si fuese a mis hijas a las que estuviese ignorando, ya lo habría dejado, pero me las habría llevado conmigo...

Tenía el rostro colorado, estaba furiosa, tenía ganas de llorar, pero había algo más... algo que no podía contarle. Que había considerado marcharse porque no podía evitar mirarlo y desear que volviese el hombre que había sido, y porque tampoco podía evitar desear a aquel hombre.

Apartó los ojos de los de él por miedo a que el jeque le leyese el pensamiento, pero este se acercó más. Amy deseó que la abrazase, que la protegiese de aquel infierno.

Aunque era un infierno que había creado él, se recordó Amy retrocediendo y saliendo al balcón.

Él salió también y Amy respiró hondo e intentó tranquilizarse. En esos momentos no le ardía solo el rostro, sino todo el cuerpo.

—Voy a casarme otra vez...

Emir la vio ponerse tensa, la vio agarrarse a la barandilla del balcón y vio cómo la brisa hacía que el camisón se le pegase al cuerpo. Y no pudo hablar, ¿era la primera vez que se fijaba en ella como mujer?

No.

Pero sí era la primera vez que lo reconocía.

Se había fijado en ella un par de semanas antes, cuando había ido a ver las niñas a su habitación después de una dura reunión en la que sus consejeros le habían dicho que la reina Natasha pronto daría a luz y que él tendría que volver a casarse.

No le gustaba que le dijesen lo que tenía que hacer y era algo que no solía ocurrir.

Pero en aquel caso no tenía autoridad y eso era algo que no le gustaba.

Aquel día, al entrar en la habitación de sus hijas y ver a Amy sentada, leyéndole un cuento a las gemelas, al verla sonreírle, su humor había cambiado de repente. Se había sentido en paz por primera vez en meses. Había querido quedarse allí con sus hijas y con la mujer en la que Hannah y él habían confiado para que las cuidase.

Había querido esconderse.

Pero un rey no podía esconderse.

Lo que vio en esos momentos no lo tranquilizó. Durante un año, había enterrado la pasión junto a su esposa. Durante un año, no había tenido que luchar contra la tentación, porque no la había sentido, pero algo había cambiado desde aquel día, desde el día en que no solo se había fijado en su sonrisa, sino también en sus labios, no solo en sus palabras, sino también en su voz. Aquellos pensamientos habían empezado invadiendo sus sueños y en esos momentos lo asaltaban también de día.

Tuvo que controlar sus instintos más básicos. Lo que más deseaba en ese instante era abrazar a aquella mujer, pero aquello no era un sueño, estaba allí, y se tenía que controlar.

–He leído tu contrato y tenías razón, no he cumplido mi parte.

Ella siguió sin mirarlo a pesar de que su cuerpo le pedía que lo hiciese. Deseó que se marchase de allí, no podía dirigirse a él ni siquiera para hablar de las niñas.

—Las cosas van a empezar a moverse después de su cumpleaños —le dijo Emir.

—¿Y cuándo escogerá a su futura esposa y se casará?

Él no respondió a la pregunta.

—Son tiempos complicados para Alzan. Tal vez sería mejor que las niñas se marchasen a Londres, de vacaciones.

Amy cerró los ojos, supo lo que el jeque iba a ofrecerle. Un viaje en su jet privado, unas semanas en casa, con su familia, pero en un hotel de lujo... ¿Cómo iba a decirle que no? Aunque... Respiró hondo y se giró hacia él.

—¿Sin usted?

—Sí —respondió él.

Ella miró al hombre que tanto había querido a sus hijas y que en esos momentos estaba tan cerrado, tan distante, tan dispuesto a darles la espalda, y necesitó conocer el motivo.

—¿Es porque le recuerdan a Hannah? —le preguntó—. ¿Por eso le duele tanto tenerlas cerca?

—Déjalo —respondió Emir, deseando que las cosas fuesen tan sencillas, deseando tener alguien en quien confiar—. Haré que organicen el viaje.

—¿Para sacarlas todavía más de su vida?

—No me hables así.

—Aquí puedo hacerlo.

—Cuando me case, las gemelas tendrán una figura materna...

–¡Por favor!

Emir frunció el ceño al oír aquello, pero eso no hizo callar a Amy.

–¿Está buscando una madre para sus hijas o a una mujer con la que tener un hijo varón?

–Ya te he dicho que no eres quién para cuestionar nuestras costumbres. ¿Qué sabes tú...?

–Mucho –replicó ella–. Mis padres se divorciaron cuando yo tenía dos años y me acuerdo de ir a casa de mi padre; me acuerdo de cuando volvió a casarse, con una mujer a la que no le interesaban sus hijos y que habría preferido que no la molestasen ni siquiera un sábado de cada dos.

Amy se interrumpió. No merecía la pena. Estaban hablando de las gemelas, no de ella.

Pero Emir, en vez de decirle que aquello no tenía nada que ver con el tema, le preguntó:

–¿Y cómo lo llevaste tú, como niña? ¿Eras infeliz? ¿Te...?

–¿Si me ignoraban? –terminó ella en su lugar.

Emir asintió y ella decidió contarle la verdad.

–Papá me compró una casa de muñecas con la que jugué durante horas. En ella, el padre y la madre dormían juntos. Los niños jugaban en el jardín o en el salón, no en su habitación...

Allí había podido arreglar las cosas, en esos momentos, no podía hacerlo.

Notó la mano de Emir en su brazo desnudo, sintió cómo sus dedos la acariciaban, para reconfortarla.

Pero no lo consiguió.

Amy solo pudo pensar en aquella mano que la acariciaba cuando en lo que tenía que centrarse era en las gemelas.

Hizo un esfuerzo y preguntó:

–¿Puedo pedirle que piense en las niñas antes de escoger a una nueva esposa?

–Por supuesto –le respondió él en voz baja y suave.

Todavía tenía la mano apoyada en su brazo y la tensión que los rodeaba en esos momentos era diferente, Amy supo que estaba a punto de besarla.

Pero un beso solo podía implicar peligro.

¿Y si era ese su plan?, se preguntó Amy, girándose de nuevo hacia el desierto. Tal vez lo que quería el jeque era que se enamorase de él para tenerla atada a las niñas.

–¡Márchese! –espetó.

Pero él no se movió.

–Que se marche... –repitió Amy.

Pero no se sintió mejor al verlo obedecer y oír cómo se cerraba la puerta. Amy contuvo las lágrimas y se quedó en el balcón con las ganas de llamarlo para que volviese, para continuar con aquella conversación, para...

Allí estaba, la otra razón por la que tenía que considerar la idea de marcharse.

Muy a su pesar, se le aceleraba el corazón siempre que veía al jeque. Y la confundía tener sentimientos por un hombre que prestaba tan poca atención a sus hijas.

Eran unos sentimientos prohibidos.

Escondidos.

Y tendrían que seguir así. Amy se metió en la cama. Tenía que dormir, pero estaba nerviosa.

Al día siguiente estaría a solas con él en el desierto.

Capítulo 4

ADELANTE.
Fatima entró en la habitación muy seria, no le devolvió la sonrisa.

–Ya casi estoy.

–¿Qué estás haciendo? –le preguntó Fatima con el ceño fruncido al ver la montaña de papeles de colores que había encima de la cama de Amy.

–Son unos regalos para las niñas. No me había dado tiempo a envolverlos.

Después de pasar la noche dando vueltas en la cama, le había costado levantarse por la mañana.

–La estancia en el desierto debe ser solemne –le dijo Fatima.

–Es su cumpleaños.

–La celebración tendrá lugar aquí, en palacio –respondió ella, esperando a que Amy sacase los regalos de la maleta abierta–. El rey está listo para salir. Te ayudaré a subir al helicóptero con las niñas.

Llamó a otro sirviente para que llevase la maleta de Amy.

–Y también tiene que llevar las de las niñas –le dijo Amy.

–Ya me he ocupado yo de eso –le respondió Fatima–. Vamos.

Amy pensó que tal vez se había imaginado lo ocurrido la noche anterior porque Emir, como de costumbre, casi ni miró a las niñas y fue esquivo con ella mientras subían al helicóptero.

Agradeció la ayuda de Fatima a la hora de poner el cinturón de seguridad a las niñas y, después, casi pudo perdonar el silencio de Emir durante el viaje, consciente de que aquel era un viaje que el jeque tenía que haber hecho con su esposa. Tal vez su actitud fuese más pensativa que despectiva.

Emir miró por la ventanilla y se acordó de los rebeldes que habían vivido en el desierto, que se habían negado a esperar a que las predicciones se hiciesen realidad, que habían querido que Alzan desapareciese y habían intentado conseguirlo tomándose la justicia por sus ensangrentadas manos.

–Es precioso –comentó Amy cuando se adentraron en el desierto.

En realidad, lo había dicho para sí misma, pero Emir respondió:

–En la distancia, pero cuanto más te acercas...

No terminó la frase. Volvió a mirar fijamente por la ventana, recordando batallas pasadas, oyendo los gritos, sintiendo cómo la arena se le metía en las heridas. Por encima de todo la oía a ella, leyéndole un cuento a las gemelas, oía a sus hijas riendo mientras pasaban las páginas con impaciencia. Quería centrarse en el sonido de sus risas y olvidarse del dolor y el sufrimiento, dejar atrás el pasado, pero era el rey y estaba obligado a recordar.

El calor golpeó a Amy nada más bajar del helicóptero. Emir llevó a Nakia y ella, a Clemira, hasta las tiendas, haciendo un esfuerzo para andar por la arena. Una vez dentro de una de las tiendas, ella se quitó los zapatos y se puso unas zapatillas de casa, tal y como Emir le había dicho que hiciese. Le dio las gracias al piloto, que le había llevado la maleta y Emir la guio por una serie de pasadizos y fue contándole lo que ocurriría.

–Las niñas descansarán antes de que las llevemos con los beduinos. Tú tienes una habitación al lado de la suya.

Estaban en un enorme salón con exquisitas alfombras en el suelo. Las distintas zonas estaban separadas por pañuelos de colores. Era como estar en el centro de un colorido laberinto y Amy se sintió perdida.

–Aquí hay refrescos –le explicó Emir–, pero las niñas no pueden tomar nada. Hoy todo lo que coman o beban debe proceder solo del desierto...

Amy había dejado de escuchar. Se giró y oyó despegar al helicóptero.

–¡Se ha olvidado de su equipaje! –exclamó, corriendo hacia afuera, después volvió hasta donde estaba Emir, que no se había inmutado–. Tiene que avisarlo, ha olvidado las maletas de las niñas.

–No necesitan nada de lo que metiste en ellas. Tienen que aprender cómo es la vida del desierto. Todo lo que necesitan está aquí.

–¡No llené las maletas de juguetes! Emir... quiero decir, Su Majestad, no son los juguetes ni la ropa lo que me preocupa, sino sus biberones y la leche.

–Beberán agua de una taza –le respondió él.

–¡No les puede hacer eso! –le dijo–. Es demasiado duro.

–¿Duro? –repitió Emir–. Esta es una tierra dura. Brutal, despiadada. Pero su gente ha aprendido a sobrevivir en ella. Cuando perteneces a la realeza, tu vida es privilegiada, pero se espera que vengas al desierto al menos una vez al año.

Ella se preguntó adónde había ido a parar el padre cariñoso y preocupado por sus hijas.

–No tardaremos en marcharnos –le dijo Emir.

–Ahora es la hora de su siesta –protestó Amy.

Él asintió.

–Nos iremos cuando se despierten.

–¿Hay alguien aquí para ayudarme? ¿Para enseñarme dónde van a dormir? ¿Dónde está la cocina?

–Estamos solos.

–¿Solos?

–Hay un hombre que se encarga de los animales, pero, aquí, en la tienda y fuera, en el desierto, tendremos que hacerlo todo solos.

–¿Y si ocurre algo? –preguntó ella–. ¿Y si una de las niñas enferma?

–Los beduinos confían en mí para que cuide de su tierra y de su supervivencia. Yo también tengo que confiar en ellos.

–¿Con sus hijas?

–Tengo que volver a advertirte que no pongas en

tela de juicio nuestras costumbres. Y tengo que repetirte que eres una empleada.

A ella le ardieron las mejillas, estaba muy enfadada, pero fue por las gemelas y las llevó a la zona de descanso. Luego pensó que tal vez Emir tuviese razón, tal vez también ella necesitase pasar un tiempo en el desierto. Se había acostumbrado demasiado a que se lo hiciesen todo.

El viento movía las tiendas y las cunas de madera que había en el suelo no se parecían en nada a las de palacio, lo mismo que los pañales de tela que Amy tuvo que poner a las niñas. Emir llegó con dos tazas con agua para las pequeñas, pero eso las alteró todavía más y cuando se marchó, Amy tardó siglos en dormirlas, cosa que aumentó su enfado.

Cuando salió a la zona de estar y lo vio tumbado, apretó los labios. La ira hacía que le ardiesen las mejillas.

–Hay tradiciones que se deben respetar. Siéntate –le dijo él–. Voy a explicarte lo que va a ocurrir.

A Amy le resultó extraño sentarse en el suelo, sobre los cojines, pero se acordó de esconder los pies. Le era difícil enfrentarse a él después de lo ocurrido la noche anterior, aunque él no parecía acordarse.

–Sé que te parece cruel, pero no lo es...

–Yo nunca he utilizado la palabra cruel –lo corrigió ella–. He dicho que era duro para las niñas. Si me hubiese dicho antes lo que iba a ocurrir, las habría enseñado a beber en vaso.

Él asintió y la miró por fin, se dio cuenta de que

no solo estaba enfadada, sino que también estaba preocupada por sus hijas.

–Sé que ha sido un año muy difícil. Y te agradezco que hayas estado con las niñas.

Su amabilidad la desarmó y, aunque se le olvidó darle las gracias, a Emir no pareció importarle.

–No tenía ganas de venir y tal vez por eso no te he explicado nada con antelación. He intentado no pensar en ello. A Hannah tampoco le hacía ninguna ilusión, quería esperar a que las niñas fuesen mayores. Yo he intentado respetar sus deseos, no había pensado en lo de los vasos... –le dijo, y terminó encogiéndose de hombros.

–Es normal –admitió ella–, pero si hubiese más comunicación entre nosotros las cosas serían más sencillas.

–Esto seguiría siendo difícil aunque ella estuviera viva. Habría sido el momento en el que habría tenido que dejar de alimentarlas con su leche, y eso la habría disgustado... –le explicó Emir–. Según la tradición, las niñas tienen que pasar una semana a base de agua y fruta. A los beduinos no les parece bien que solo quiera dejarles una noche a las niñas, y el rey Rakhal también se opone, pero les he explicado que mis hijas ya habían...

Se interrumpió antes de terminar.

–Sido separadas de su madre a las dos semanas de nacer.

–¿Y el rey Rakhal lo entendió?

–Yo creo que no pensó en mis hijas, sino en su esposa, que también está embarazada. Se acordó de

que su futuro hijo también tendría que pasar por esto
–comentó sonriendo–. O tal vez fue la reina Natasha la que se enteró.

Amy le devolvió la sonrisa. Lo miró y sintió curiosidad, nunca había sentido tanta curiosidad por
un hombre. Había tantas cosas que no sabía de él,
tantas cosas que había dado por hechas. El jeque no
había pensado en biberones ni vasos, pero sí había
pensado en el bienestar de sus hijas. Y eso la confundió.

–Natasha es inglesa, igual que tú –le contó Emir,
interrumpiendo sus pensamientos–. Y supongo que
tampoco le ha gustado la idea. ¡Pobre Rakhal!

–Pobre Natasha –le respondió ella–. Si Rakhal
es tan testarudo como usted.

Emir le contó lo que ocurriría después, que tendrían
que marcharse de allí pronto y comer en el oasis.

–Pronto porque se está levantando el viento y tenemos que llegar al oasis hoy, para que todo tenga
lugar antes de su primer cumpleaños.

Amy se dio cuenta de que le preocupaban sus hijas aunque no lo demostrase siempre. Su comportamiento la confundía. Cuando las niñas se desper-
taron, fue él quien acudió.

Salieron de la tienda y Amy oyó un sonido que
la aterrorizaba, relinchos.

–¿Caballos? –preguntó–. ¿Vamos a ir a caballo?

–Por supuesto –le dijo él, dándole a Clemira,
ajeno al pánico de su voz.

–Majestad...

–Emir –la corrigió él.

–Emir... No puedo. Pensé que iríamos en coche.

–¿En coche? –repitió él, riendo con incredulidad–. No tienes ni idea de lo que es esto.

–Sinceramente, creo que no voy a poder montar.

–Entonces, camina –le dijo él, encogiéndose de hombros–. Aunque te sugiero que lo hagas al lado de un caballo, porque no creo que tardes en darte cuenta de que no eres tan delicada.

–¡No es eso!

Emir era tan arrogante, era tan difícil hablar con él. Amy no quería contarle su accidente. No quería que le diese una charla acerca de cómo montar a caballo ni quería que le hiciese preguntas.

–Los caballos me ponen nerviosa –le dijo.

Él se encogió de hombros.

–En ese caso, viajaré solo. Ayúdame a sujetar a las niñas.

Amy supo que el jeque no iba a tratarla con cariño cuando ni siquiera lo hacía con sus hijas. Se preguntó si las niñas se enfadarían al ver que las ataban, pero estas parecían encantadas y no paraban de reír mientras ella las aferraba a su padre.

Sintió calor por todo el cuerpo al tenerlo tan cerca y tuvo que hacer un esfuerzo para que no se le notase.

–¿Has terminado? –le preguntó él.

–Casi –respondió ella–. ¿Estás seguro de que puedes con las dos?

–Por supuesto.

Emir le hizo un gesto a Raul, el hombre que se encargaba de los animales, para que le llevase su caballo y montó con facilidad. Las niñas empezaron a ponerse nerviosas, tal vez porque se habían dado cuenta de que Amy no iba a acompañarlas.

–Todo irá bien –le dijo Emir.

Pero Amy se dio cuenta de que no podía quedarse allí, de que quería estar con las pequeñas antes de que estas pasasen a manos de unos extraños.

–Iré –balbució–. Las niñas estarán mejor si voy a su lado y así podré darles la comida.

–Como quieras –le dijo Emir.

En realidad se sentía aliviado.

La vio acercarse al caballo y se dio cuenta de que el miedo era real, llamó a Raul y le dijo algo en árabe. Después, tradujo a Amy:

–Le he pedido que te traiga a Layyinah. Como su nombre indica, es la yegua más tranquila.

Layyinah era una yegua preciosa, blanca y elegante. El caballo más bonito que Amy había visto en toda su vida.

–Es preciosa –comentó.

–Pura sangre árabe –le explicó Emir–. Son caballos hechos para estas tierras. Confiamos en ellos y nos devuelven esa confianza. Cuidará de ti.

Amy tuvo que hacer un par de intentos antes de montarla y Emir tuvo que sujetarle al animal.

–*Kef* –le dijo–. Significa para. ¿Qué tal estás?

–Bien –admitió ella ya en la silla–. Tengo miedo, pero bien.

–Iremos despacio –le aseguró Emir–. No tienes ningún motivo para ponerte nerviosa.

Sí que lo tenía, pero no iba a decírselo.

No obstante, después de unos minutos, Amy se dio cuenta de lo mucho que había echado de menos montar a caballo.

Aspiró el aire caliente, disfrutó de la belleza del paisaje y, por primera vez, se olvidó de su ira y de sus dudas y saboreó el momento. Oyó cómo Emir hablaba a sus hijas y cómo estas reían. Y prefirió vivir el presente en vez de preocuparse por lo que estaba por venir.

—Es maravilloso.

Emir se encogió de hombros.

—Qué paz.

—A veces –respondió él–. No permitas que el desierto te seduzca. Como me dijo mi padre: es como una mujer bella, te deslumbra y te apacigua, pero siempre está tramando algo.

—¿Qué fue de tu padre?

—Lo asesinaron –respondió Emir, señalando a lo lejos–. Allí.

—¿Y tu madre? –preguntó ella, estremeciéndose.

Él no respondió.

—¿Emir?

—No te lo voy a contar en tu primera noche en el desierto –le dijo antes de cambiar de tema–. No tardaremos en llegar. ¿Ves las sombras a lo lejos?

—La verdad es que no –admitió ella, aunque poco después empezó a ver sombras y se dio cuenta de que había árboles y matorrales–. ¿Qué vamos a hacer allí?

—Comeremos y después esperaremos a la gente del desierto –le contó Emir.

La miró y se dio cuenta de que estaba tensa. Después, miró a las niñas, que se habían quedado dormidas con el balanceo del caballo.

–Te han echado de menos.

Emir oyó la voz de Amy, pero no respondió. Él también las había echado mucho de menos, pero no podía compartir sus motivos con aquella mujer.

O tal vez sí.

La miró otra vez, iba delante de él, con la vista clavada en el oasis. Se le había escurrido el pañuelo y su melena rubia ondeaba al viento. Sintió atracción. Lo que unas generaciones antes había estado prohibido, en esos momentos era una posibilidad. Al fin y al cabo, Rakhal tenía una esposa inglesa, tal vez él también pudiese...

¿Pobre Rakhal?

Tal vez no.

Pobre Natasha. Amy lo había dicho en tono de broma, pero él sabía que era una mujer a la que no le gustaba que le dijesen lo que tenía que hacer. No se limitaría a cumplir con sus deseos ni se sentiría halagada.

Vio su caballo trotar y frunció el ceño. Estaba montando muy bien, para tenerle tanto miedo a los caballos. Daba la sensación de que sabía hacerlo. Se imaginó montando a su lado por el desierto de Alzan, con Clemira y Nakia, y sus propios hijos también.

No debía precipitarse en su decisión, ni debía presionarla.

Amy hizo detenerse a su caballo, se giró hacia él

y sonrió. Tenía el rostro sonrojado y respiraba con dificultad. Emir pensó que quería verla así, pero en su cama. Esa noche, la convencería. Se acercó galopando hasta donde estaba y se dio cuenta de que ella también lo miraba con deseo, y le dio las gracias al desierto por haberle dado una solución tan sencilla a su problema.

Capítulo 5

–*La* –regañó Emir a Nakia al ver que escupía la fruta que acababa de darle–. ¡He dicho que no!

Se estaba dando cuenta de que las niñas entendían más inglés que árabe.

–Imita a su hermana –añadió.

Amy no pudo evitar echarse a reír. Estaban en el oasis, intentando que las niñas comiesen la fruta fresca que habían recogido de los árboles, pero Clemira también la había escupido unos segundos antes.

–Clemira es la líder –le contó a Emir.

Este apretó la mandíbula, como si hubiese vuelto a decir algo que no le parecía bien.

Las cosas en el oasis no estaban saliendo precisamente bien. En cuanto Emir había dejado a las niñas en el suelo, Clemira había intentado comerse la arena y Nakia la había imitado y se le había metido en los ojos.

Eran dos princesas modernas, gracias a Amy. Más acostumbradas a ver DVDs y a bañarse en la impresionante piscina de palacio que a estar sentadas en un oasis.

–No saben nada de nuestras costumbres –dijo

Emir–. A Hannah le preocupaba esto. No le gustaba la idea de que tuviesen que ayunar.

–Esto no es ayunar –respondió Amy–. Comerán cuando tengan hambre. Ya han empezado a beber agua.

–Están demasiado mimadas –insistió Emir al ver que Clemira volvía a escupir la fruta.

–Es cierto –admitió Amy–. Y toda la culpa es mía. No puedo evitarlo.

Para su sorpresa, Emir se echó a reír. Hacía mucho tiempo que no lo oía reír. A pesar de que las niñas estaban intranquilas, la actitud de Emir había cambiado al llegar al oasis. Parecía más relajado y se estaba comportando como un padre con las gemelas. Levantó la vista y se ruborizó al darse cuenta de que la estaba observando.

No tenía ni idea de que la estaba seduciendo, de que el hombre que había a su lado, relajado y tranquilo, tenía otras intenciones.

–No pretendía criticarte –le dijo Emir–. Me alegro de que las hayas mimado. Tienes razón, tenía que haberte avisado con tiempo para que hubieses podido prepararlas.

–Ahora que lo pienso, no sé cómo lo habría hecho –admitió ella–. Van a pasar mucho miedo cuando los beduinos se las lleven.

–Son gente amable –le aseguró él–. No les van a hacer daño.

No obstante, todavía recordaba el miedo que él mismo había sentido de niño. Odiaba aquellas tradiciones.

Odiaba a Rakhal.

Le gustó más la opción de mirar a Amy y barajar otras opciones.

–¿Qué pasará mañana cuando volvamos a palacio? –preguntó esta, a la que la inescrutable mirada de Emir le estaba poniendo nerviosa.

–Habrá una fiesta. Se supone que vendrá mi hermano Hassan, el segundo en la línea de sucesión.

–¿Se supone?

–También le interesan mucho los caballos... –comentó, sonriendo con tristeza–. Les dedica mucho tiempo.

Amy había oído hablar del príncipe Hassan y de su rebeldía, pero no lo había visto nunca. Aquel era un tema del que no se hablaba, así que ella guardó silencio.

Le sorprendió que Emir continuase con el tema.

–No apruebo semejante interés por los caballos. Tiene que madurar –dijo.

–Tal vez sea más feliz así.

–Tal vez –admitió Emir, que estaba empezando a entender a su hermano.

Se había enfrentado a él muchas veces, sin ningún éxito. Emir no entendía que a Hassan le gustase tanto ganar, ni que se dedicase a ir por el mundo de casino a casino. Lo tenía todo allí, en Alzan. Dinero en abundancia y mujeres a su elección.

Miró a Amy, que con una mano estaba haciendo un montoncito de arena. Por primera vez con una mujer, no estaba seguro de lo que iba a pasar, pero eso le proporcionó la emocionante tensión de la cacería, los nervios previos a la victoria.

Estaba empezando a entender mejor a Hassan.

–El rey Rakhal también asistirá.

–¿Con su esposa? –le preguntó Amy–. Quiero decir, ¿con la reina Natasha?

–No. La reina está a punto de dar a luz y no puede viajar. Al parecer, es muy feliz aquí –comentó–. Seguro que al principio se sentía un poco perdida, pero ahora tengo entendido que ha asumido muy bien su papel.

–¿Puedo hacerte una pregunta? –añadió ella–. ¿Por qué, si tiene una niña, ella sí podrá gobernar?

–Porque sus leyes son distintas –le contestó Emir–. ¿Sabes que Alzan y Alzirz fueron en el pasado un solo país?

–¿Alzanirz?

–Siempre hemos sido gemelos en el linaje real –le explicó Emir–. Hace muchas generaciones, un rey tuvo hijos gemelos. Era una época difícil y no sabían quién debía ser el heredero legítimo, así que la solución del rey fue dividir el reino. Por aquel entonces se predijo que los dos reinos volverían a ser uno algún día... pero cada uno tuvo unas leyes distintas. Si alguna se viola, el país tendrá que volver a ser uno de nuevo y lo gobernará el heredero del linaje que haya sobrevivido.

–No me parece justo que allí pueda reinar una princesa y aquí no –comentó Amy.

–Ellos tienen otra norma que nosotros no tenemos –le explicó Emir–. Allí el rey solo puede casarse una vez. La madre de Rakhal falleció al nacer este y todo el mundo pensó que Rakhal no sobreviviría, la profecía estuvo a punto de cumplirse.

–Pero sobrevivió.

Emir asintió.

–Aquí... la ley dice que si la esposa del rey muere, este puede volver a casarse –le contó él, mirándola a los ojos–. Y yo debo hacerlo.

–¿Debes?

–La gente está intranquila, sobre todo, con el nacimiento del hijo de Rakhal.

–Pero si no estás preparado...

Amy se mordió la lengua, no merecía la pena discutir acerca de aquello.

–¿Preparado? –repitió él con el ceño fruncido.

Pero entonces recordó que Amy procedía de un país en el que funcionaba la fórmula de la atracción. Su idea le gustó todavía más. Tenía al lado la respuesta a su dilema.

–Tal vez un año sea poco tiempo... –continuó ella, humedeciéndose los labios–. El matrimonio es un paso muy importante.

–Y yo me lo debo tomar muy en serio, pero...

Emir supo que no debía presionarla.

–Hoy no quiero pensar en ello –añadió.

–Ah.

En ocasiones, Emir la aturdía. A veces la miraba con aquellos ojos negros y hacía que se derritiese por dentro.

No siempre.

Pero ocurría a veces.

Y aquella era una de ellas.

En ocasiones, y aquella también era una de ellas, incluso pensaba que iba a besarla. El sol debía de estar volviéndola loca, porque casi podía saborear sus labios... La conversación era demasiado íntima.

Sus siguientes palabras le produjeron todavía más calor.

—¿Estás preocupada por lo que pueda ocurrir esta noche?

Ella se mordió el labio inferior y Emir pensó que podía ser el momento de besarla, de sentir su deseo. De confirmarlo.

—Las niñas estarán bien —añadió.

—¿Las niñas? —preguntó Amy confundida.

Y él supo que había pensado en que esa noche iba a estar a solas en la tienda con él. Contuvo una sonrisa.

—Cuidarán de ellas —le aseguró.

Avergonzada, Amy se giró y estudió el oasis. Deseó poder meterse en el agua fresca porque le ardían las mejillas y sabía por qué. Tal vez fuese ella la que no estuviese preparada para tener una nueva reina.

¿Cómo había podido pensar que Emir iba a besarla?

—He estado pensando en lo que me dijiste acerca de que las niñas necesitaban a alguien... —dijo él, que sabía que debía tener paciencia, pero no podía esperar más—. Tú quieres a mis hijas.

Ella clavó la vista en el agua y se preguntó si estaba loca, si podía ser cierto que Emir estuviese barajando la idea de convertirla en su amante, en una especie de madre para sus hijas. Entonces notó su mano en la mejilla y se le cortó la respiración. Sintió cómo su dedo bajaba por su cuello y le acariciaba la cicatriz.

—¿Qué te sucedió?

—Por favor, Emir...

Se estaban acercando el uno al otro cuando vieron aparecer la caravana de beduinos. El beso tendría que esperar. Emir se puso en pie para recibirlos mientras sus hijas reían, supo que no tardarían en llorar y deseó enterrar la cabeza en el pelo de Amy. Quiso refugiarse en su boca, pero tenía que cumplir con su deber.

Tomó a sus dos hijas en brazos y las miró a los ojos. No podía soportar la idea de entregarlas a aquellas personas porque recordaba lo mal que lo había pasado él mismo al separarse de sus padres. En ese momento odió la tierra que gobernaba, sus leyes y sus tradiciones, que no podían cambiarse sin el acuerdo de ambos reyes.

Luego se dijo a sí mismo que él había sobrevivido. Las niñas gritaron al ver que un anciano se acercaba a ellas con los brazos alargados.

Emir se acercó y habló con él, pero Amy no entendió lo que decía.

—Están nerviosas, sed amables con ellas —dijo Emir.

—Es tu miedo el que las asusta —respondió el anciano—. ¿No quieres venir y hablar conmigo?

—Hay decisiones que debo tomar solo.

—¡Pues tómalas!

—Son decisiones difíciles.

—Son difíciles en palacio, tal vez —añadió el hombre–. Aquí el único rey es el desierto, y siempre te aporta soluciones si se las pides.

Emir volvió al lado de Amy, que debía guardar silencio mientras el anciano preparaba la arena, pero, por supuesto, no lo hizo.

–¿Quién es? –preguntó.

–Es un anciano beduino –le explicó Emir–. Se supone que debe de tener más de ciento veinte años.

–Eso es imposible.

–Aquí, no –respondió Emir sin mirarla–. Comparte su sabiduría con aquellos que se lo piden.

–¿Tú lo has hecho? –le preguntó ella, y luego se disculpó por haberle hecho esa pregunta.

No obstante, Emir respondió:

–Le he consultado un par de veces, pero hace mucho tiempo.

Luego se encogió de hombros.

–Sus respuestas nunca son fáciles de entender...

El anciano llenó dos pequeñas botellas con la arena que acababa de bendecir y Emir supo qué era lo que iba a ocurrir.

A Amy se le encogió el corazón al ver que tomaba a las dos niñas, que estaban llorando, y las llevaba hacia el agua.

–¿Qué va a hacer?

–Las va a sumergir en el agua y después se las llevará al campamento.

–Emir... ¡No!

–Vosotros también hacéis rituales con vuestros bebés –replicó él–. ¿Acaso no lloran los niños en Inglaterra?

Tenía razón, pero en esos momentos Amy se sentía fatal, oyendo llorar a las niñas y sin poder darles un beso de despedida. Estaba nerviosa y enfadada, enfadada consigo misma por haber participado en aquello.

–¡*Ummi!* –gritaron las dos niñas–. ¡*Ummi!*

A Amy no le importó que Emir se enfadase porque la llamaban así.

Emir la vio llorar por sus hijas y supo que había tomado la decisión adecuada.

–Van a estar bien –intentó reconfortarla–. Son nuestras leyes.

–Pensé que los reyes hacían las leyes –replicó ella enfadada.

–Las cosas son así en nuestro país –respondió él–. Las cuidarán. Les cantarán y les narrarán nuestra historia. Y según vayan pasando los años, cada vez entenderán más...

Le acarició la mejilla.

–Yo no podré volver a hacer esto –respondió ella, tan disgustada que no fue consciente de la caricia de Emir–. No puedo. Tendré que marcharme.

–No –respondió él, que no podía perderla en esos momentos–. Tienes que estar aquí para ellas, para tranquilizarlas y explicarles las cosas.

Y dicho aquello inclinó la cabeza y la besó en las mejillas, saladas a causa de las lágrimas. Y después la besó en los labios y el miedo que Amy tenía por las niñas se convirtió en terror.

Estaba besando a un rey.

Sabía lo que quería él: asegurarse de que iba a

quedarse allí con sus hijas. Amy retrocedió tal y como le dijo su cabeza que hiciese, porque sabía que aquel era un juego peligroso porque en aquel beso también estaba su corazón.

—No.

Quiso apartarse. Quiso que aquello no hubiese pasado. No podía ser la amante del rey, sobre todo, porque este pronto volvería a casarse.

—No podemos...

—Podemos —respondió él, volviendo a besarla.

—Emir, no.

—Sí —insistió él, que de repente lo veía todo claro y no sabía cómo había tardado tanto tiempo en hacerlo—. Ahora vamos a la tienda a hacer el amor.

Y la besó de nuevo. Entonces la ira de Amy se transformó en pasión y Emir se vio sorprendido por la intensidad de la misma.

En esa ocasión fue él quien se apartó. La miró, tenía el rostro colorado, parecía enfadada.

—¿Qué te pasa, Amy?

—¡Que no quería que lo supieras!

—¿Que lo supiera? —repitió él, mirándola y dándose cuenta de que lo deseaba—. ¿Por qué no querías que lo supiera?

—Porque... No puede ser —respondió ella.

—Sí puede ser —la contradijo Emir.

—Por favor... Llévame a la tienda.

Pero él la deseaba en ese instante, allí. Empezó a desabrocharle el vestido. La besó frenéticamente, cada vez con más deseo. Amy lo agarró de la túnica, tocó el cinturón de cuero que sujetaba su espada y fue consciente del poder que tenía el hombre que estaba a punto de hacerle el amor. Estaba besando a un rey y eso la aterraba, pero la sensación era deliciosa.

–El pueblo terminará aceptándolo...

Siguió diciéndole Emir mientras la besaba en el cuello y bajaba hacia los pechos. Amy deseó que se los besase, pero, de repente, procesó sus palabras.

–¿El pueblo...?

–Cuando nos casemos.

–¡Qué!

Aquello la horrorizó.

–Emir... ¡No!

–Sí –respondió él, pensando que se sentía abrumada por la idea, volvió a besarla para intentar tranquilizarla, pero cuando Amy volvió a hablar, se quedó helado.

–No puedo tener hijos.

Aquello lo paralizó. Dejó de acariciarla y apoyó la frente en la de ella mientras asimilaba sus palabras.

–Tuve un accidente montando a caballo y no puedo tener hijos –acertó a explicarle Amy.

–Lo siento.

–Mi prometido también lo sintió.

Amy sollozó y se apartó de él, se tapó los pechos con el vestido y empezó a abrochárselo mientras corría hacia donde estaban los caballos. No sintió miedo al desatar y montar a su yegua, porque la fuerza del miedo no tenía nada que ver con la del dolor. Se puso a galopar y no tardó en oír a Emir a sus espaldas, que la llamaba y le pedía que parase. Hasta que lo hizo y se giró hacia él.

—Estuve cinco días conectada a una máquina que me ayudaba a respirar y oí a mi prometido hablar con su madre. Así fue como me enteré de que no podría tener hijos. Así fue como le oí decir que no tenía sentido que se casase conmigo...

Estaba casi sin aliento, pero gritó:

—Aunque no fue eso lo que me dijo cuando me desconectaron. Me dijo que el accidente le había hecho darse cuenta de que no me quería de verdad, y de que, además, no estaba preparado para el compromiso.

—Qué idiota.

—¿Y tú?

—Yo soy un rey —respondió Emir.

Nada más ver la tienda a lo lejos, fue él quien puso a su caballo a galopar. Y Amy dio gracias de poder estar a solas, de poder galopar, de poder llorar, pensar...

Y recordar.

Estaba a punto de casarse y no sabía si no iba a cometer el mayor error de su vida. Iba por el campo, era primavera, había barro en el suelo y hacía fresco. Y entonces llegó a una triste conclusión.

Iba a tener que cancelar la boda.

Capítulo 6

TE HE preparado un baño.

Emir levantó la vista cuando Amy entró en la tienda. Le había pedido a Raul que la observase a distancia y, después de darse una ducha, había preparado el primer baño de su vida.

Para otra persona.

Mientras lo hacía, había sentido odio por el exprometido de Amy, pero entonces se había dado cuenta de que él había hecho lo mismo.

No obstante, era el rey.

Pero eso no lo consoló.

–Gracias.

Su débil sonrisa lo confundió. Había esperado que apareciese enfadada y triste, pero parecía más bien tranquila.

Amy estaba tranquila.

Más tranquila que nunca después del accidente.

Una vez en la zona del baño, se quitó el vestido y miró a su alrededor. Estaba iluminado con velas, no porque fuese un detalle romántico por parte de Emir, sino porque toda la tienda estaba iluminada así. No obstante, le gustó.

Se metió en el agua perfumada y cerró los ojos, e

intentó no pensar en cómo estarían las gemelas. Intentó no pensar tampoco en Emir ni en su propuesta.

En su lugar, miró hacia el pasado, hacia una época que no recordaba con claridad. Recuperarla le hacía sentirse bien.

Se lavó el pelo y salió del agua, se secó con la toalla y se envolvió en ella. Como era consciente de que no iba vestida de manera adecuada, tuvo la esperanza de que Emir estuviese en su dormitorio, pero lo vio en el salón al atravesarlo para ir a buscar ropa limpia.

–¿Estás mejor? –le preguntó él.

–Mucho mejor.

–Deberías comer algo.

Ella vio la comida que había delante de Emir.

–No tengo hambre –mintió.

–Uno no rechaza nunca la invitación de un rey.

–¿Ni siquiera después de que el rey te haya rechazado a ti? –respondió ella–. Es mi norma.

Y después de decir aquello esbozó una sonrisa, sonrisa que también sorprendió a Emir.

–Pensé que estarías...

No sabía cómo. Tal vez más dolida, pero parecía más relajada que nunca.

–Estoy bien, de verdad –le aseguró ella.

En realidad, Emir le había roto el corazón, pero en esos momentos no quería pensar en ello.

–De hecho, mientras montaba he recordado algo –le explicó–. Algo que se me había olvidado. No recordaba las semanas previas al accidente, pero da igual.

Fue hacia su dormitorio, pero él la llamó.

–Tienes que comer –le dijo, ofreciéndole un plato con un dulce llamado *lokum*.

–Pensé que solo podíamos tomar fruta.

–Son las niñas las que solo pueden comer fruta y beber agua, pero he pensado que sería mejor que no nos vieran a nosotros comer otra cosa.

Amy se dio cuenta de que se ponía tenso al hablar de las gemelas. A veces hablaba como un padre, otras, como un rey misterioso y pensativo.

–Seguro que están bien –añadió Emir, como intentando convencerse a sí mismo de ello.

–Seguro que sí.

Ambos estaban preocupados por las niñas y ninguno de los dos quería estar solo.

–Me cambiaré y vendré a comer algo –añadió.

Emir asintió, y a ella le pareció ver alivio en sus ojos.

Amy se puso otro vestido azul claro, se desenredó el pelo y se lo recogió, y volvió a salir.

Emir estaba cansado de verla con aquel vestido. Quería verla vestida de otro color, envuelta en rojo o esmeralda, con el pelo suelto sobre los hombros y los labios pintados de carmín. O, más bien, desnuda y en su cama, pero su revelación hacía imposible esa opción.

–Quiero disculparme –le dijo–. Que te haya ocurrido dos veces...

Amy respondió mientras comía un dulce, ya que de repente tenía mucha hambre.

–De verdad que estoy bien –le respondió–. Desde el accidente, me sentía como una víctima.

No sabía cómo expresarse.

–Y no me gustaba sentirme así –prosiguió–. No era yo. No me gustaba estar enfadada con él.

–Tenías motivos para estarlo.

–No, la verdad es que no.

–No lo entiendo.

–Tardé varios días en despertar del todo, pero podía oír las conversaciones que se mantenían a mi alrededor. Fue entonces cuando oí a los médicos decir que el caballo me había pisado y que por eso habían tenido que quitarme los ovarios. Habían dejado una pequeña parte de uno de ellos para que no tuviese tan pronto la...

–Menopausia –terminó Emir en su lugar, sonriendo–. También sé de esas cosas.

–Sí, pero me resulta extraño hablar de ello contigo. En fin, que estuve allí escuchando, pero sin poder hablar, y oí lo que decía mi prometido. Después me dieron el alta y él vino y me dijo que no quería casarse, pero que no tenía nada que ver con el accidente. El caso es que hoy, mientras montaba, me he acordado de la última vez que monté a caballo. No recuerdo la caída, pero recuerdo que no era feliz, que quería cancelar la boda. Y no me había acordado hasta hoy.

–¿No lo querías? –preguntó Emir.

Ella negó con la cabeza y un rizo rubio se escapó del pañuelo. Emir tuvo celos de sus dedos, que lo acariciaron mientras Amy respondía.

–Lo quería –dijo muy despacio–, pero no era la clase de amor que yo creía. Llevábamos juntos desde la adolescencia, queríamos tener hijos, queríamos las mismas cosas, o eso pensábamos. Me importaba y, sí, supongo que lo quería, pero no era...

No era capaz de decirlo.

—No era un amor apasionado –balbució–. Era...

—¿Seguro?

Esa no era la palabra que ella estaba buscando.

—Lógico –dijo–. Era como un amor lógico. ¿Me entiendes?

—Creo que sí –le respondió Emir–. Es el amor que cultivamos aquí. Dos personas escogidas, que se consideran adecuadas la una para la otra, se casan y de ahí surge el amor.

—¿Era ese el amor que sentías por Hannah? –le preguntó Amy.

—Sí –admitió él–. Era una esposa maravillosa y habría sido una madre increíble, además de una reina digna.

—Tal vez a mi prometido y a mí nos habría podido ir bien –dijo, conteniendo las lágrimas–. Estoy casi segura de que habríamos tenido un buen matrimonio. Yo soñaba con tener un hogar e hijos. Soñaba con hacer las cosas de manera diferente a como las habían hecho mis padres.

—¿Querías una casa de muñecas a tamaño real? –sugirió Emir.

Ella sonrió.

—Supongo que solo quería...

Seguía sin encontrar las palabras.

—¿Un amor ilógico? –le sugirió él.

–Sí –respondió ella, poniéndose en pie–. Eso es lo que quiero.

–Espera –le pidió Emir–. No te he dado una explicación.

–No la necesito. Sé que no tenemos futuro. Sé que necesitas tener un hijo varón.

Aunque todavía le quedaba una pequeña esperanza.

–¿Podrías pedirle al rey Rakhal que derogase esa ley? –le preguntó.

–La madre de Rakhal falleció al dar a luz –respondió Emir–. Y, como te conté, todo el mundo pensó que el niño no sobreviviría. El rey de Alzirz fue a ver a mi padre y le pidió lo mismo... Pero mi padre se negó a cambiar la ley porque quería que los dos países volviesen a ser uno.

–Entonces, ¿lo has pensado?

Emir la miró y, por primera vez, le contó a alguien lo que tenía en la cabeza.

–He hecho algo más que pensarlo. Cuando mi esposa enfermó, fui a ver a Rakhal. Su respuesta fue la que era de esperar –admitió, sacudiendo la cabeza al recordar la conversación.

Luego miró a Amy a los ojos azules y la sensación de malestar disminuyó. Continuó sincerándose con ella.

–He dado vueltas a muchas cosas y estoy intentando tomar la mejor decisión, no solo para mi país, sino también para mis hijas.

Ya había hablado demasiado. Nadie debía saberlo todo.

Pero Amy insistió.

—Si no tuvieras un hijo...

—Eso es impensable —le respondió él.

Aunque, en realidad, no podía pensar en otra cosa. Volvió a mirar a los ojos y quiso contárselo todo, pero se contuvo. No podía hacerlo.

—Tendré un hijo —añadió. Lo que significaba que no podría casarse con ella—. Para mí el matrimonio no es lo mismo que para ti. Lo siento si te he hecho daño, no ha sido mi intención.

—No me lo he tomado de manera personal...

Pero al final de la frase se le quebró la voz, porque no era cierto. Acababa de darse cuenta. Estaba dolida, pero no quería que Emir se diese cuenta. Ya lloraría a solas, en la intimidad de su habitación.

—Buenas noches, Emir.

—¿Amy?

Ella volvió a girarse a regañadientes.

—El viento es fuerte esta noche, sabe que estás aquí y te va jugar malas pasadas.

—Hablas del viento como si se tratase de una persona.

—Hay quien dice que es un conjunto de almas —añadió él—. Solo quiero que no te preocupes.

Amy no lo estaba, en principio.

Se tumbó en la cama y clavó la vista en el techo, un techo que se movía con la fuerza del viento. Echaba de menos a las niñas más de lo que habría creído posible, y también echaba de menos lo que habría podido ser.

En ningún momento había pensado que Emir pudiese estar considerando convertirla en su esposa. Tal vez en su amante, en una madre postiza para sus hijas, pero nada más.

Emir había querido casarse con ella.

Pero no podía hacerlo.

Intentó no llorar a pesar de saber que los ruidos causados por el viento impedirían que él la oyese. Tuvo la sensación de que oía a las niñas llorar, era el mismo llanto que el día que habían nacido. Y también creyó oír a una mujer gritando de dolor al dar a luz. Supo que era todo obra del viento, pero no pudo soportarlo.

Tal vez a Emir le pasó lo mismo, porque cuando abrió los ojos lo vio allí, todavía vestido y con la espada sujeta a la cintura. La estaba observando, pero eso no la asustó.

—Cuando me devolviste el beso y me dijiste «por favor», ¿qué querías decir? –le preguntó.

—Pensé que lo que me ibas a ofrecer era sexo –respondió ella.

—No es esa nuestra costumbre –comentó Emir sin dejar de mirarla–. En Alzirz somos flexibles con la moral. Hay harenes y...

Sacudió la cabeza antes de terminar:

—Yo no quería eso para ti.

—Jamás se me habría ocurrido que querías casarte conmigo. Cuando nos besamos... cuando... –dijo, y tuvo que tragar saliva antes de continuar–. Cuando nos besamos, cuando nos tocamos... Yo no estaba pensando en el futuro ni en una solución para las gemelas, solo pensaba que me deseabas...

Emir la miró y ella se olvidó de las niñas y dejó de oír los llantos y los gritos.

—Y te deseaba —le respondió él en voz baja—. Cuando te besé me olvidé de todo.

—¿De todo?

—De todo menos de ti.

Amy vio deseo en sus ojos, vio su tez y sus brazos morenos y deseó que volviese a besarla.

—Sé que lo nuestro no tiene futuro. Sé...

Solo quería volver a ser una mujer, quería pasar una noche con aquel hombre tan impresionante.

—Solo una vez —susurró.

Y Emir asintió.

—Solo una vez —repitió él también, porque no podían tener más.

Entonces la tomó en brazos y la llevó a su cama.

Capítulo 7

TUMBADA en su cama, Amy vio cómo Emir se desabrochaba el cinturón de piel y la espada caía al suelo con fuerza. Entonces se giró porque estaba aterrorizada. Sabía que lo que estaba haciendo no estaba bien, deseaba al hombre, no al rey, y eso la asustaba.

–Mírame –le dijo Emir.

Y ella se giró lentamente y lo vio desnudo, y eso también le dio miedo, porque su cuerpo era todavía más bello de lo que se había imaginado, porque, sí, tenía que admitir que se lo había imaginado. Él se excitó mientras lo estudiaba con la mirada: el vientre plano y moreno, los largos y fuertes muslos y unos brazos que estaba deseando que volviesen a rodearla.

–Esto no está bien –dijo al ver que se acercaba a ella.

–Pues a mí sí que me lo parece –le respondió Emir, tumbándose a su lado.

Empezó a quitarle el camisón y ella cerró los ojos. Emir la besó, pero no en los labios, sino en el pecho que había estado a punto de besar en el desierto. Y Amy volvió a ese momento en el que habían estado a punto de hacer el amor allí mismo. Luego bajó por su cuerpo con la boca y volvió a hacerla sentirse como a una mujer.

Emir se excitó todavía más con sus gemidos.

La oyó gritar y se perdió.

No había compartido ni una pizca de emoción con nadie desde la muerte de su esposa, pero lo estaba haciendo en esos momentos.

Aquel rey tenía un peso encima que ninguno de sus consejeros conocía. Debía tomar solo una importante decisión, pero en ese momento se olvidó de todo.

Notó los dedos de Amy en el pelo y que le apretaba la cabeza con los muslos. Sintió que intentaba levantar las caderas, pero la empujó hacia abajo con la boca, y después no pudo esperar más.

Se arrodilló ante ella y le separó las piernas para acariciarla íntimamente.

Estaba a punto de ponerse un preservativo cuando la oyó susurrar:

–No hace falta.

Por primera vez, el hecho de que no pudiese tener hijos los alivió a ambos, porque no era necesario que parasen a pensar en la protección.

Emir le hizo levantar las caderas y se posicionó, pero la hizo esperar.

–Emir...

Este sonrió con malicia.

–Emir...

Se apretó contra ella, que iba a volver a pedirle que entrase ya cuando notó que la penetraba y em-

pezaba a moverse en su interior de manera frené-
tica.

A Emir se le olvidó el tamaño de su erección y
se le olvidó tener cuidado, y Amy se lo agradeció.

Acalló sus gemidos con un beso y después fue él
quien no pudo guardar silencio. El placer era tal que
ya no sentía dolor ni tenía preocupaciones. Su mente
era libre mientras se movía en su interior. Amy lo
apretó con sus músculos más íntimos, susurró su
nombre.

Y Emir se dejó llevar por el placer y llegó al orgasmo. El viento se había convertido en su amigo
y gritaba todavía con más fuerza, llevándose sus gemidos y enterrando sus secretos en la arena.

Capítulo 8

ERA evidente que no tenía que haber ocurrido.

Y que jamás hablarían de ello.

Pero poco antes de que amaneciese volvieron a hacer el amor. Luego, Amy se quedó mirándolo. Pasó una mano por la cicatriz que Emir tenía encima del ojo y le preguntó:

–¿Cómo te la hiciste?

–Tú no preguntas ese tipo de cosas.

–Estando desnuda, a tu lado, sí.

Él pensó que tal vez fuese mejor que lo supiera. Tal vez así comprendiese mejor por qué lo suyo era imposible.

–Unos rebeldes intentaron acelerar el proceso de unión de los dos países borrándome del mapa.

Amy dio un grito ahogado.

–Pero mi gente se lo impidió. Mi padre luchó contra ellos, lo mismo que mi hermano y...

–¿Y tu madre?

–La mataron en su propia cama.

Emir le quitó la mano de su rostro, salió de la cama, se vistió y fue a rezar. Le había pedido al desierto que le diese una solución y, por un momento, había creído tenerla, pero lo que tenía en realidad era un problema. Debía respetar las leyes.

Así que rezó por su país y por su pueblo.

Tenía que olvidar que había hecho el amor con Amy. Nunca se había sentido tan cerca de nadie, ni siquiera de Hannah, y rezó por ser perdonado.

Rezó por sus hijas y por la decisión que iba a tomar, pero su corazón seguía diciéndole que no era la correcta.

Después recordó por qué había luchado su padre y supo que debía honrarlo, así que volvió a rezar por su país.

Amy se quedó tumbada, en silencio, disfrutando de la última vez que estaría en su cama, de su olor. Tocó con la mano el sitio en el que Emir había dormido y deseó poder esperarlo allí para hacer el amor con él una vez más, pero eso habría sido injusto para ambos, así que fue a la zona del baño y después a su propia habitación.

Se peinó y se puso su vestido azul, volvió a convertirse en la niñera.

Emir se sintió decepcionado y aliviado al mismo tiempo al volver a la habitación y ver que su cama estaba vacía. La sensación no cambió durante el desayuno. Amy no hizo ninguna referencia a la noche anterior, pero le fastidió verla con aquel vestido azul, sabiendo lo que había debajo.

Cuando el silencio se hizo insoportable para Amy, cuando supo que si lo miraba a los ojos terminaría dándole un beso, le deseó que tuviese un buen día y se fue a su habitación. Se tumbó en la

cama y quiso que volviesen las niñas para poder re-
cobrar la cordura y la normalidad de su vida.

Pero se sentía distinta.

La sensación cuando las gemelas regresaron fue
de alivio y de orgullo.

Las pequeñas gritaron de alegría al verla y a
Amy se le llenaron los ojos de lágrimas. Había estado a punto de convertirse en su madre.

–¿Qué es esto? –preguntó, obligándose a hablar
con naturalidad y refiriéndose a unas botellitas en
forma de corazón que llevaban colgadas del cuello.

–Están llenas de arena del desierto. Tienen que
llevarlas hasta que se acuesten esta noche, después,
se guardarán hasta el día de su boda.

–Son preciosas –comentó Amy–. ¿Para qué son?

–Son un símbolo de fertilidad –dijo Emir.

Amy pensó que estaba de tan mal humor como
la mañana que había ido a verlo a su despacho. Y la
cosa no mejoró cuando subieron al helicóptero para
volver a palacio.

El ruido hizo que las niñas se pusiesen a llorar.

–No pueden llegar con la cara llena de lágrimas.
Habrá muchas personas esperándolas. La gente habrá salido a la calle a recibirlas.

–¡Pues consuélalas! –le dijo ella, pero su rostro
era duro y frío como el granito–. Emir, por favor.
No dejes que lo de anoche...

Él la hizo callar con la mirada.

–¿De verdad piensas que mi comportamiento
con las niñas tiene algo que ver con lo ocurrido anoche? –inquirió en tono burlón, sacudiendo la cabeza

con incredulidad–. Eres la niñera, estás en mi país y tienes que aceptar nuestras leyes y costumbres. Tienen que ser estoicas. Tienen que ser fuertes.

No obstante, sentó a Clemira en sus rodillas y, cuando la tranquilizó, hizo lo mismo con Nakia.

Amy guardó silencio y miró por la ventanilla.

Pero cuando llegaron a la ciudad, las calles estaban vacías.

Miró a Emir, cuyo rostro seguía impasible.

Cuando el helicóptero aterrizó, bajó de él y dejó a Amy peleando con las niñas. Patel lo estaba esperando, al parecer, con malas noticias, porque la expresión de Emir se endureció todavía más.

Amy no tenía ni idea de lo que estaba ocurriendo.

Llevó a las niñas a su habitación y esperó a que le dijesen algo. Según fueron pasando las horas, se dio cuenta de que la celebración del cumpleaños de las pequeñas no iba a tener lugar, y se quedó sola con ellas, intentando entretenerlas en el que tenía que haber sido uno de los días más felices de su vida.

Apesadumbrada y haciendo un esfuerzo por contener las lágrimas, les preparó unos pasteles en la pequeña cocina que había junto a la habitación. A la hora de la cena les cantó el cumpleaños feliz y las vio sonreír encantadas cuando les dio los regalos que les había empaquetado. Ella les devolvió la sonrisa, pero se quedó helada al ver a Emir observándolas desde la puerta.

Clavó la vista en los regalos, en los peluches y en los DVDs. Y vio a Amy acercarse a él, parecía furiosa, por un momento, pensó que le iba a escupir.

—Lo tienen todo, ¿verdad? –le dijo esta en tono retador–. ¡Qué fiesta!

—Mi hermano está demasiado ocupado con sus caballos en Dubai.

Luego se acercó a las niñas y les dio un beso en la cabeza, les habló en su idioma durante unos segundos.

—Tengo un regalo para ellas.

Llamó al servicio, que llevó un enorme paquete, y Amy vio cómo las niñas lo abrían entre risas. Se mordió el labio al ver que se trataba de una preciosa casa de muñecas en forma de palacio, con sus escaleras, las puertas, la habitación de las niñas.

—He estado pensando en lo que me contaste. En cómo te ayudó a ti. He querido lo mismo para ellas.

—¿Cómo lo has conseguido en tan poco tiempo? –preguntó ella sorprendida.

—Ser rey tiene algunas ventajas –le dijo él, casi sonriendo, casi mirándola a los ojos–. Aunque ahora no se me ocurran muchas.

Se incorporó de donde había estado arrodillado, junto a las niñas, pero siguió sin poder mirar a Amy. Así que se aclaró la garganta y dijo lo que tenía que decir, lo que tenía que haber hecho hacía tiempo.

—A partir de ahora, Fatima compartirá contigo el cuidado de las niñas.

Fatima entró en la habitación.

Amy se dio cuenta de que no había dicho que iba

a ayudarla, sino a compartir con ella la responsabilidad.

—Habla poco inglés y a las niñas les hablará en nuestro idioma. Tienen que aprender nuestras costumbres.

Amy no sabía qué había ocurrido.

—Emir...

Fatima frunció el ceño al oírla llamarlo así.

—Quiero decir, Majestad...

Pero él no la dejó hablar, se marchó de la habitación y ni siquiera se giró cuando las niñas se pusieron a llorar. Amy corrió a consolarlas.

—Déjalas —le dijo Fatima.

—Están tristes —respondió Amy, quedándose donde estaba—. Ha sido un día muy largo para ellas.

—Ha sido un día muy largo para todo el país —replicó la otra mujer—. Natasha ha dado a luz a un niño al amanecer.

Por un extraño momento, Amy pensó en los gritos que había oído la noche anterior. Vio cómo Fatima tomaba a las niñas para llevarlas a sus cunas y luego se alejaba de ellas, dejándolas llorando.

Por eso no había habido ninguna celebración ni los había recibido el pueblo en las calles. Había sido una protesta silenciosa del país, un mensaje a su rey de que debía tener un hijo varón. Fatima se lo confirmó apagando la luz.

—El futuro de Alzirz está asegurado, todo lo contrario que el de Alzan.

Capítulo 9

NO ESTARÁN tranquilas tanto tiempo a no ser que las tengas en brazos.

Había sido una mañana muy larga para Amy. Estaban practicando para la ceremonia en la que le pondrían nombre al nuevo príncipe, que tendría lugar al día siguiente. En esa ocasión, sería Fatima la que viajase con el rey y las princesas. Amy había estado ordenando la habitación de las niñas. Como las ventanas estaban abiertas, las oía llorar y dar gritos. Al final, Emir la hizo llamar.

–Van a estar con Fatima –le dijo.

–Quieren estar contigo.

–Conmigo no pueden estar –replicó él–. Estaré de uniforme. Tengo que saludar.

Emir dejó de explicarse, no solo porque no tenía por qué hacerlo, sino porque Nakia ya no pedía sus brazos, sino los de Amy. Ambos sabían que el problema se podía resolver si era ella la que acompañaba a las niñas.

Pero Emir no quería admitirlo.

Y ella tampoco quería ir.

No soportaba tenerlo cerca, tan frío y distante, no solo con ella, sino también con sus hijas.

–¿No puedes tener en brazos al menos a una? –le preguntó Amy.

–Ya lo he intentado, pero la otra tiene celos.

–Si puedes tener a una en brazos, que sea a Clemira. Si ella está contenta, lo normal es que Nakia también lo esté.

Lo vio fruncir el ceño y no pudo seguir controlando su mal humor. Aquel hombre no sabía absolutamente nada de sus propias hijas.

–Toma a Clemira –le dijo, dándole a la niña–. Dios mío, ni que te estuviera hablando en un idioma extranjero.

–¡Lo estás haciendo! –espetó él.

Y Amy supo que ninguno de los dos se refería a las palabras.

Volvió a la habitación de las niñas. Al ver la casa de muñecas, le entraron ganas de darle una patada. Limpió las mesas y cambió las sábanas, intentó fingir que trabajaba.

–Ha funcionado.

Cuando se dio la vuelta vio a Emir con las dos niñas dormidas en sus brazos. Esperó a que apareciese Fatima, pero no lo hizo.

–Fatima ha ido a tomarse un analgésico porque le duele la cabeza –comentó Emir sonriendo–. Le he dicho que ya las subía yo.

A Amy le pareció muy triste que algo que debía ser normal mereciese una explicación.

Emir fue a acostar a Clemira y ella lo ayudó.

–No sé cómo...

Era casi una disculpa.

–No, no pueden dormir juntas –le dijo–. Son demasiado grandes.

Dejó a Clemira en su cuna mientras Emir acostaba a Nakia.

–Era más fácil cuando eran más pequeñas –continuó balbuciendo Amy–, pero he tenido que bajar el colchón porque se ponen de pie.

Se dio cuenta de que Emir estaba observando sus labios y le dio miedo mirarlo, deseó que llegase Fatima.

–Amy...

–Les gusta mucho la casa de muñecas.

Ella mantuvo la cabeza agachada porque sabía lo que ocurriría si la levantaba. Lo sabía porque había estado a punto de ocurrir el día anterior, y el anterior, pero si lo besaba, todo se reduciría a aquello, a besos furtivos cuando Fatima no estaba. Y ella se merecía algo más.

Pero los ojos se le llenaron de lágrimas. Y Amy se recordó a sí misma que, aunque llorase, era fuerte.

Fue ella la que salió de la habitación para ir a la suya y lo dejó a solas con las niñas.

–Necesitas venir a casa.

En vez de ponerse a llorar, llamó a su madre para que le diese algún consejo. Aunque no supiese todo lo ocurrido, Amy estaba segura de que le diría lo mismo.

–Amy, no vas a cambiar las cosas allí. Ya te lo dije cuando aceptaste el trabajo.

–Pero la reina Hannah...

–Está muerta.

Aquellas duras palabras le dolieron.

–Incluso la reina Hannah quería que sus hijas se educasen en Inglaterra y no en ese país.

–No puedo dejarlas.

–No tienes elección –la contradijo su madre–. ¿De verdad vas a aguantar tres años más así?

No. Amy sabía que no aguantaría. Lo supo al colgar el teléfono. Los diez últimos días habían sido un infierno y lo peor, la boda de Emir, estaba por llegar. No podía quedarse allí a presenciarla.

No podía.

En vez de disgustarse, había sentido alivio cuando se había enterado de que sería Fatima la que viajaría con el rey y las niñas. Había pensado que tenía que utilizar bien el tiempo que fuese a estar sola, pero, en realidad, la decisión estaba tomada.

Su madre tenía razón: su única opción era volver a casa.

Tenía que hacerlo.

Pero a la mañana siguiente le entraron las dudas.

Entró en la habitación y vio a las dos niñas sonriéndole y tirándole besos. Las bañó, les dio la comida y ayudó a probarles los vestidos nuevos, que les gustaron tan poco como los lazos que les puso Fatima.

Amy sabía cuándo les había salido cada uno de los dientes, sus sonrisas eran un regalo para ella, y no soportaba la idea de dejarlas.

Pero tenía que hacerlo.

Preparó las maletas de las pequeñas y metió en ella los bañadores porque sabía que había varias piscinas en el palacio de Alzirz.

–No les van a hacer falta –comentó Fatima–. No voy a bañarme con ellas.

Ni su padre tampoco, se dijo Amy, mordiéndose el labio inferior mientras hacía un esfuerzo por mantener la compostura.

Ayudó a Fatima a bajarlas a la calle y a esperar a su padre y el helicóptero.

–¡Portaos bien! –les dijo sonriendo, cuando en realidad lo que quería era besarlas y abrazarlas.

Era consciente de que aquella podía ser la última vez que las veía, de que tal vez lo mejor para todos fuese que se marchase mientras estaban de viaje.

Emir entró en palacio y casi ni miró a sus hijas, mucho menos a Amy. Iba vestido de uniforme militar y Amy tuvo que admitir que se le seguía acelerando el corazón al verlo. Sus botas de piel golpearon el suelo de mármol y solo se detuvieron cuando Patel lo llamó.

–La –respondió.

Después sacudió la cabeza y siguió andando, pero Patel volvió a llamarlo e intercambiaron unas palabras. Luego Emir entró en su despacho, seguido de su secretario.

–¡Adiós! –les dijo Amy a las pequeñas, que se estaban poniendo nerviosas, lo mismo que ella.

Ya no eran unos bebés y estarían bien con Fatima, pero le costó un enorme esfuerzo echar a andar hacia las escaleras. Le fue casi imposible no volver y consolarlas, pero tuvo que darse la vuelta al oír que Patel la llamaba.

–El rey desea verte.

–¿A mí? –preguntó ella.

–Ahora –le informó Patel–. Está muy ocupado, no lo hagas esperar.

Amy bajó las escaleras intentando no darle vueltas a lo que Emir quería decirle. Estaba casi segura de que había pensado lo mismo que ella, que lo mejor era que se marchase.

–Vas a acompañar a las princesas a la ceremonia de Alzirz.

–¿Yo? –respondió ella–. Pensé que preferías que fuese Fatima la que viajase con ellas, conoce mejor...

–He dicho que quiero que vayas tú –la interrumpió Emir–. Date prisa en hacer la maleta. El helicóptero está esperando y no quiero llegar tarde.

–Pero...

Amy no entendía aquel cambio de planes. Necesitaba estar a solas y la idea de viajar con él la ponía nerviosa.

–Eso es todo –añadió Emir.

Fue Patel el que le dio una breve explicación mientras salía del despacho.

–La reina Natasha desea hablar contigo del tema de las niñeras inglesas.

Aquello tenía sentido. Y daba igual que a ella se le rompiese el corazón.

No tardó en hacer la maleta. Tomó tres vestidos azules claros, un camisón y la bolsa de aseo. Y a pesar de que el helicóptero la estaba esperando, se tomó el tiempo de ir a buscar los bañadores de las niñas y el suyo propio.

Emir ya estaba en el helicóptero y parecía impaciente cuando ella llegó. Las niñas estaban sentadas y Fatima la miró con frialdad antes de marcharse, ya que había perdido el honor de viajar con el rey.

No fue un viaje sencillo, pero Emir tomó a Nakia en brazos cuando estaban llegando a su destino. Amy vio su expresión dura, pensativa, y comprendió el motivo. Alzirz estaba de celebración, como tenía que haber estado Alzan el día del cumpleaños de las niñas. Las calles estaban llenas de gente con banderas.

Debía de ser difícil para Emir tener que comportarse de manera tan educada, pensó Amy al llegar a palacio y ver cómo se saludaban los dos reyes. Pudo sentir el odio que había entre ambos, que se remontaba a varias generaciones.

La reina Natasha no pareció darse cuenta y saludó a las gemelas y a ella como si fuesen unos parientes de visita, y no una niñera y dos princesas.

–¡Cómo han crecido!

Amy se fijó en que estaba preciosa, con una túnica amplia, de color blanco, con flores bordadas. Nadie habría dicho que hacía solo un par de días que había dado a luz y se sintió insignificante a su lado.

–¡Entrad! –les dijo Natasha–. Os acompañaré a la habitación de las niñas. Tengo que preparar al bebé. Te presentaré a mi niñera, Kuma. Es un encanto, pero la verdad es que quiero que el niño aprenda inglés.

Luego sonrió a Amy.

—¿Por casualidad no querrás cambiar de trabajo? —le preguntó.

—Estoy contenta con el que tengo —respondió ella, aunque se sintió tentada a hacer una broma.

No tardó en comprobar que, efectivamente, Kuma era un encanto. Mucho más efusiva y cariñosa que Fatima. Sonrió al ver a las niñas, pero les hizo un gesto para que guardasen silencio y luego las animó a acercarse al ver al nuevo príncipe. A Nakia no le interesó demasiado, pero Clemira aplaudió e incluso intentó tocarlo.

—Es precioso —comentó Amy.

Tenía la piel morena como Rakhal, pero el pelo rubio como Natasha y ella no pudo evitar preguntarse cómo habrían sido sus hijos si Emir hubiese sido el padre. No pudo evitar volver a sufrir por lo que había perdido, pero entonces abrazó a Clemira y pensó en todo lo que iba a perder al marcharse.

—¿Quieres tomarlo en brazos? —le preguntó Natasha.

—Está dormido —respondió ella, con miedo a venirse abajo.

—Me temo que tiene que despertarse —respondió la reina—. Quiero que coma antes de la ceremonia.

Sacó al niño dormido de la cuna y Kuma tomó a Clemira para que Amy pudiese hacer lo mismo con el bebé.

En ocasiones, le había resultado muy doloroso

tener a Clemira y Nakia en brazos de recién nacidas, y en esos momentos volvía a sufrir. El dolor aumentó al ver entrar a los dos reyes en la habitación: Rakhal, orgulloso y sonriente; Emir, educado, pero con la mirada triste.

A Amy le enfadó su actitud y, al mismo tiempo, la entendió. Las leyes de su país podían llegar a ser crueles.

–Ven –le dijo este–, debemos ocupar nuestros puestos.

El de ella estaba a su lado, por última vez.

Sujetaron a las niñas por turnos y cuando empezaron a estar intranquilas, Amy las dejó en el suelo.

–Se han portado bien –comentó Emir después de la ceremonia.

–¡Por supuesto que sí! –le respondió Amy sonriendo–. Y aunque hubiesen llorado no habría pasado nada. Tariq se ha pasado todo la ceremonia haciéndolo.

–Es cierto –dijo Emir, que había pensado exactamente lo mismo–. La niñera de Alzirz se ocupará de las gemelas esta noche. Las niñas tendrán que hacer una breve aparición en la fiesta, pero será ella la que las vista y se ocupe de todo.

–¿Por qué? –le preguntó Amy extrañada.

–Porque... –espetó él irritado al ver que Amy lo cuestionaba. Se negaba a admitir que no sabía por qué.

Quería decirle que aquello era nuevo para él, que en ocasiones, los vericuetos de la paternidad y del protocolo real también lo confundían. Tenía que haber sido Hannah la que se ocupase de aquello. En días como aquel era cuando le resultaba más duro estar solo. No obstante, no podía decir eso, así que respondió con brusquedad:

—La reina Natasha quiere que estén juntos. Así es como se hacen las cosas. Si el príncipe Tariq viene a Alzan, tú también tendrás que cuidar de él por la noche.

—Pensé que erais rivales.

—Por supuesto, pero la reina Natasha es nueva en esto. No comprende la profundidad de nuestra pugna, ni que aunque hablemos, riamos y asistamos a las celebraciones del otro, no nos tenemos cariño ninguno.

—¿Ninguno?

—Ninguno —insistió él muy serio—. Te llevarán a las niñas por la mañana y bajaréis al desayuno oficial conmigo.

—Pero las niñas van a estar asustadas en un lugar...

Emir la miró y se dijo que había estado loco al pensar que podía casarse con ella, no habría sido una buena reina. Lo cuestionaba todo y decía todo lo que se le pasaba por la cabeza.

—Me has pedido una noche libre. ¿Por qué te quejas cuando te la doy?

—No me quejo —le respondió ella sonriendo—. Estoy encantada, es solo que no me lo esperaba.

—Puedes pedir que te lleven la cena.

—¿Con servicio de habitaciones? Y hay piscina... Que disfrutes de la fiesta.

Pero Emir no disfrutó.

No le gustó ver los cambios que Natasha había llevado a palacio ni oír su risa y ver que charlaba relajadamente. Se ocupó de sus hijas con ayuda de Kuma mientras Natasha tenía a su hijo en brazos. Al ver cómo trataba Kuma a sus hijas, se dio cuenta de que tal vez Fatima no fuese la persona adecuada.

Tal vez necesitase a alguien más cariñoso. Porque sabía que Amy iba a marcharse, lo había visto en sus ojos. Abrazó a Clemira antes de dársela a Kuma y se le encogió el corazón, no era justo que sus hijas no tuviesen madre y un rey no tenía por qué preocuparse por contratar a una niñera nueva.

Cuando se llevaron a las niñas, estaba de mal humor. Vio a Rakhal junto a su esposa y pensó que nunca se había sentido tan solo. Esa noche estaba llorando la pérdida de Hannah y la de Amy, y estaba tan distraído que no había visto acercarse a Natasha.

–Esto debe de ser muy duro para ti, lo siento.

Él la miró con el ceño fruncido. ¿Cómo se atrevía a decirle aquello?

–Pronto será el aniversario de la muerte de Hannah, ¿verdad? –continuó ella.

Emir asintió, no podía sentirse peor.

–Se la echa de menos.

–¿Y dónde está Amy?

–Le he dado la noche libre –respondió Emir.

–Cuando he sugerido que mi niñera se ocupase de los tres niños, era para que ella cenase con nosotros –le dijo la reina.

–Es la niñera –replicó él–. Solo ha venido a cuidar de las niñas.

–Pero es inglesa –respondió Natasha suspirando y poniendo los ojos en blanco–. No sabes lo agradable que es tener aquí a una paisana. Estaba deseando hablar con ella.

–Mañana bajará a desayunar con las niñas –le dijo Emir, incómodo con aquella conversación tan cercana.

–Puedo enviar a alguien a buscarla ahora –insistió Natasha.

Emir pensó que no era buena idea.

–Es una empleada –sentenció él al tiempo que Rakhal se acercaba también.

Pero Natasha sonrió a su marido y le explicó:

–Le estaba diciendo a Emir que me habría gustado que Amy cenase con nosotros. Echo de menos tener a alguien de casa con quien hablar.

El amor debía de haberle ablandado el cerebro a Rakhal, porque en vez de mirar a Emir y respetar las reglas tácitas que había entre ambos, le dijo a su esposa:

–Pues manda a alguien a buscarla, que le pregunten si quiere bajar.

Solo después miró a Emir.

–El hermano de Natasha y su prometida tenían que haber venido, pero les ha surgido otro compromiso en el Reino Unido.

A Emir aquello le daba igual. ¿Acaso se le había olvidado a Rakhal que todo aquello era una farsa?

–Sería injusto para ella –comentó Emir, haciendo

un esfuerzo por utilizar un tono aburrido–. Solo ha traído ropa de trabajo.

–Haré que le lleven la ropa adecuada. Ahora mismo –decidió Natasha.

Emir no estaba acostumbrado a que se cuestionasen sus decisiones, pero el protocolo dictaba que debía comportarse de manera educada hasta en la más incómoda de las situaciones. Estuvo a punto de sonreír al imaginarse cómo reaccionaría Amy si llamaban a su puerta y le pedían que bajase a la cena.

–Está bien, si deseas tener a Amy aquí, iré a hablar con ella –le dijo a la reina–. Aunque es posible que se haya metido ya en la cama.

Natasha le dio las gracias con una sonrisa y Emir se preguntó cómo era posible que no viese el odio en sus ojos. Salió del salón.

Fue entonces cuando Rakhal le dijo a su esposa:

–Te estás entrometiendo.

–Por supuesto que no –mintió ella.

Pero su marido la conocía demasiado bien.

–Natasha, no te metas en esas cosas.

–No te preocupes, es solo que me apetece hablar con alguien de mi país, y Amy parece agradable.

Aunque lo cierto era que se había dado cuenta de cómo miraba el rey Emir a la niñera. Y también había visto la tristeza que había en sus ojos. Y, sí, también era posible que estuviese haciendo aquello por egoísmo, porque le apetecía estar con alguien de su país.

Sabía que Emir iba a volver a casarse pronto y si Amy podía ser la persona... ¿Qué había de malo en echarle una mano a Cupido? Ella amaba su nuevo país, pero odiaba la rivalidad que había entre Alzirz y Alzan, y sus horribles leyes, y estaba segura de que Amy opinaba igual.

Cuando Emir llegó a la habitación de Amy, esta todavía no se había acostado. Había disfrutado de un delicioso banquete o, al menos, lo había intentado. Había estado pensando en las niñas, en Emir y en un futuro sin ellos. Y luego había llamado a casa, pero no había encontrado a nadie. Así que después de leer un rato y pintarse las uñas, se había puesto el bikini y había decidido darse un baño en su piscina privada.

Se había tumbado boca arriba, mirando las estrellas, y estaba empezando a relajarse cuando oyó que llamaban al timbre de su habitación.

Se imaginó que sería para recoger la bandeja de la cena, así que salió de la piscina, se puso una fina bata de seda y fue directa a abrir la puerta.

Cuál fue su sorpresa al ver a Emir al otro lado.

–No pretendía molestarte –le dijo este–. Tienes que bajar.

Amy frunció el ceño.

–¿Les pasa algo a las niñas?

–No. La reina quiere que participes en la fiesta.

–No, gracias –respondió ella, sonriendo de manera tensa y haciendo amago de cerrar la puerta.

–No lo entiendes –le dijo él, impidiéndoselo con el pie–. Por eso he subido personalmente, para explicártelo. La reina, que es la anfitriona, ha pedido que bajes, no yo. Sería una falta de respeto...

–¿Una falta de respeto para quién? –replicó ella, que no quería bajar a la fiesta ni pasar con Emir más tiempo del necesario–. ¡Lo que es una falta de respeto es darme la noche libre y después quitármela!

Intentó cerrar la puerta otra vez, no quería prolongar aquella discusión.

Una sirvienta llegó para llevarse la bandeja de la cena de Amy y él se quedó allí, indignado.

–No está bien que me vean aquí, discutiendo con...

–¿Una empleada? –terminó Amy en su lugar, pero cuando la sirvienta se marchó, dejó la puerta abierta y le dijo–: No tengo nada que ponerme. No me he duchado. No estoy...

–La reina Natasha te va a mandar ropa y a varias criadas para que te ayuden –la interrumpió él.

Después se dio la media vuelta y ya se estaba alejando cuando añadió:

–Espero que estés abajo en media hora.

–Emir...

Él se giró al oírla suplicar. La recordó debajo de su cuerpo, casi sin aliento.

–No me obligues a esto. Disfruta solo de la fiesta, pon una excusa por mí. Yo no sé nada...

–¿Que disfrute? –le preguntó él, fijándose en cómo se pegaba la bata mojada a su cuerpo y deseando que estuviese vestida de otra manera–. Vístete.

Pero Amy negó con la cabeza y él decidió hablarle con dureza en vez de empujarla hasta la cama y hacerle el amor.

–¿De verdad piensas que me apetece estar en la

fiesta? ¿Piensas que estoy disfrutando, teniendo que fingir que no los odio? Si no fuese por ellos...

La miró a los ojos. Estaba muy enfadado, pero Amy no se asustó. Sabía que aquello no iba con ella.

–Amy, por favor... –le rogó por primera vez–. Te estoy pidiendo que me ayudes esta noche, la fiesta es un infierno para mí.

A Emir le sorprendió la franqueza de sus palabras tanto como ella.

Amy notó que se le llenaban los ojos de lágrimas con su dolor.

Y, sin saber cómo, sus bocas se juntaron. Ninguno de los dos dio el primer paso, solo sucedió. Y el dolor terminó inmediatamente, el alivio fue instantáneo. Emir la había deseado desde la noche del desierto, había querido volver a tenerla desde entonces.

Y el deseo era mutuo.

Amy notó su erección y supo que estaba ocurriendo otra vez. Y no podía ser.

–Emir –gimió, apartándose–. Dijimos que sería solo una vez.

–Entonces, vístete –respondió él, quitándole la bata mojada y desatándole la parte de arriba del bikini.

Ella gimió contra sus labios mientras Emir le acariciaba los pezones erguidos y la agarraba después por el trasero para que lo abrazase con las piernas por la cintura. Aquello era mucho más que un beso. La cama parecía estar demasiado lejos. La ropa era su única barrera.

Amy sintió el frío de los botones en la piel mientras Emir le bajaba la braguita con una mano y se desabrochaba su cinturón con la otra. Y se dio cuenta de que sus manos lo estaban ayudando, que había dejado de pensar. Ya tomaría las decisiones que tuviese que tomar más tarde. En esos momentos, solo quería que Emir la hiciese suya.

Y lo habría hecho si no hubiese sonado el timbre otra vez.

Emir la miró. Había arrepentimiento en los ojos de ambos por lo que había estado a punto de ocurrir.

—No ha pasado nada —dijo ella.

Pero no era cierto. Y en ese momento más que nunca supo que tendría que marcharse.

—No volverá a ocurrir —respondió Emir.

Ambos supieron que estaba mintiendo.

Se abrochó el cinturón, la tomó de la mano y la llevó al cuarto de baño. Después, comprobó su aspecto en el espejo y dio permiso para que entrasen. Eran varias criadas con ropa. Emir les dijo que Amy estaba en la ducha y que debían prepararlo todo para que estuviese lista lo antes posible.

—No tardes —le dijo después a ella a través de la puerta—. La reina Natasha te está esperando.

Capítulo 10

MAÑANA iremos al desierto.

Natasha era insoportable. Insistía en charlar con él como si fuesen amigos, mientras que Emir solo podía pensar en lo que acababa de ocurrir con Amy.

Había sido un loco. Un loco por no resistirse, por ser tan débil.

Un loco porque esa noche la haría suya, solo para volver a perderla por la mañana.

Para dejarla marchar.

—Me apetece mucho —continuó la reina—. Tengo ganas de tranquilidad, después de tantas celebraciones.

—Los beduinos se ocuparán bien del niño —respondió él, consciente de lo que decía.

Natasha lo miró horrorizada.

—No, no vamos a eso. Es demasiado pronto para que me separe de él, no lo haré hasta que no tenga un año.

—Antes de que cumpla un año —puntualizó él, disfrutando por primera vez en la noche.

Bueno, por segunda vez, se corrigió, pensando de nuevo en Amy.

–Yo lo hice con las niñas la semana pasada –añadió–. Tu marido tuvo el detalle de permitir que solo tuviesen que pasar solas una noche, teniendo en cuenta que no tienen madre.

Natasha apretó los labios antes de preguntar:

–¿Y qué tal fue?

–Gritaron, lloraron y suplicaron –le contó Emir, viéndola palidecer–. Pero son las leyes. Mis hijas se han visto obligadas a ser fuertes, dadas las circunstancias, así que han sobrevivido.

Y entonces dejó de atormentar a la reina, no para evitar que sufriese más, sino porque Amy entró en el salón y no pudo continuar.

Iba vestida con un vestido verde esmeralda, con los labios pintados de rojo y los ojos perfilados de kohl. Llevaba el pelo suelto y todavía tenía los ojos brillantes y las mejillas sonrosadas, pero eso se debía al beso que se habían dado un rato antes.

Emir decidió que el mundo era cruel, ya que lo tentaba con algo que no podía tener.

Un año antes, habría ido cubierta por un velo y no habría podido sentarse a su lado, pero la nueva reina de Alizirz estaba haciendo que cambiasen las cosas.

Amy también estaba cambiando.

La vio charlar con Natasha y deseó agarrarla por la cintura, participar de la conversación como si fuese su pareja, apretarla suavemente contra él solo para recordarle que aquello se terminaría pronto y que podrían estar solos.

Dejó la copa que tenía en la mano para no romperla.

Le dio la espalda, pero su risa lo invadió.

Intentó recordar a la mujer tímida que había llegado a su palacio. Entonces no se había fijado en ella, había estado demasiado preocupado por su esposa. Quería volver atrás. Quería que Amy volviese a ser invisible para él.

Pero ya no lo era.

Estaba allí, ante sus ojos.

Y a ella le daba igual que fuese el rey.

–Muchas gracias por haber bajado –le dijo Natasha a Amy un par de horas después–. Ha sido muy agradable poder charlar contigo.

–El placer ha sido mío –respondió ella–. Gracias por la invitación.

Era todo mentira.

Emir también mintió a Rakhal antes de marcharse.

Amy no soportaba aquello.

Salió a un jardín que olía a flores, respiró hondo e intentó apaciguar su corazón. Oyó el sonido de una fuente que debía haberla tranquilizado, pero no lo hizo. Y entendió lo que Emir había querido decir acerca de que la fiesta era un infierno.

Estar separada de él, mientras sus mentes estaban juntas, ignorar al otro mientras sus cuerpos protestaban en silencio, le sirvió para darse cuenta de cómo iba a sentirse cuando Emir se casara.

Si se quedaba.

Llegó a su habitación furiosa, pero sabiendo lo que tenía que hacer. La cama estaba vacía, pero su olor delató su presencia. Vio las puertas abiertas y lo descubrió junto a la piscina. La estaba mirando a los ojos.

—No —le dijo, negando con la cabeza.

Se acercó a él recordándose todas las cosas que no le gustaban de aquel hombre y añadió:

—Esto se ha terminado, Emir. Ni siquiera me gustas.

Él siguió mirándola.

En silencio.

—Jamás podría estar con un hombre capaz de ignorar a sus hijos. A pesar de mis problemas de salud, de que no puedo tener hijos. Aunque hubiese podido tenerlos, te habría dicho que no.

Estaba mintiendo, pero deseó que fuese cierto.

—¿Cómo voy a estar con un hombre al que no le importan sus hijas? —insistió.

Él frunció el ceño.

—No se te ocurra volver a decir eso —le respondió en voz baja—. Adoro a mis hijas.

Pero no lo demostraba con hechos.

—Lo dices...

—Te aseguro que todo lo que hago, lo hago pensando en ellas.

Y Amy vio su gesto atormentado y lo creyó.

—Por favor, Emir, márchate.

No podía pensar con él cerca.

—Márchate —repitió, volviendo al dormitorio.

Pero él siguió inmóvil.

Y Amy supo que estaba perdida, porque para marcharse tendría que pasar por su lado, y no tocarse sería imposible.

—Márchate —le suplicó mientras se desnudaba para él, llorando de vergüenza.

Se bajó la cremallera del vestido mientras Emir se acercaba, se quitó el sujetador. Él se desabrochó el cinturón. Amy se bajó las braguitas y negó con la cabeza.

—No...

Sollozó mientras la tumbaba en la cama.

—No debemos... —añadió, empujándolo del pecho desnudo—. Emir, sabes que no debemos...

Él la agarró de las muñecas y se las sujetó por encima de la cabeza para besarla apasionadamente.

—Debemos —la contradijo.

Hablaba con convicción. Incluso desnudo era el rey.

—Estaremos juntos...

—No podemos...

—Encontraremos la manera —le aseguró—. Haré que esto funcione. Iré a verte por las noches y, después, dentro de unos años iré a visitaros a Londres, a las niñas y a ti.

—¿Tu amante...?

—Serás más que mi amante —le respondió él sin dejar de besarla—. Te ocuparás de las gemelas. Las criarás.

Ella se preguntó si era posible amar y odiar al mismo tiempo.

Sentirse tan llena de deseo y de odio mientras Emir la ataba a él a base de mentiras.

Se lo ofrecía todo, pero no iba a darle nada.

Una vida sin voz, pensó, y entonces fue cuando encontró la suya.

–No.

Emir la soltó, pero ella no lo apartó. En su lugar, lo abrazó.

–Esto se termina esta noche.

Sus cuerpos sabían que era mentira.

Emir había estado toda la noche deseándola y ella, toda la noche esperándolo. En ese momento sus besos supieron a furia por un futuro que no podían tener. Amy sintió la ira de Emir, estaba enfadado por tener que respetar unas leyes que le impedían tener a su lado a la mujer a la que quería tener. La penetró furiosamente y ella levantó las caderas para recibirlo. Ambos llegaron enseguida al orgasmo.

Amy nunca había tenido un clímax igual y no pudo evitar gritar. Por suerte, Emir, que la conocía bien, se dio cuenta de que iba a hacerlo y le tapó la boca con la mano para ahogar sus gritos.

Ella se dijo que lo odiaba.

Se recordó que no quería ser su esposa.

Tenía que sentirse aliviada de que aquello hubiese terminado.

Estuvieron un rato tumbados, esperando a que volviese la normalidad, a que se aplacase la locura, a que Emir se levantase de su cama y se marchase, pero cuando fue a hacerlo Amy alargó la mano para agarrarlo y fue entonces cuando lloró, porque era evidente que había mentido.

Ya estaba posponiendo a la mañana el solemne voto de que aquello terminaría esa noche.

Capítulo 11

LA MAÑANA llegó, lo quisiese Amy o no. Al sol no le importó terminar con aquello e hizo lo que tenía que hacer, salir.

Amy supo que Emir estaba despierto a su lado. Los rayos de sol salpicaron el suelo y antes de que llegasen a la cama, notó su mano en las caderas, después en la cintura. Cerró los ojos y se acurrucó contra él, notó su erección y deseó despertarse todas las mañanas a su lado. No quería conformarse con aquello. No obstante, si el teléfono no hubiese sonado en ese momento, lo habría hecho.

—Las gemelas vienen para acá —dijo nada más colgar el teléfono—. Las está trayendo Kuma.

A Emir no le daba tiempo a vestirse y salir de la habitación, pero recogió su uniforme del suelo y se metió en el cuarto de baño.

Casi sin aliento, Amy buscó algo que ponerse. Una cuidada mano se asomó por la puerta del baño y le tendió la bata.

—Tienes que relajarte —le dijo Emir.

Ella sonrió y acababa de atarse el cinturón cuando llamaron a la puerta. La abrió y vio a Kuma con las niñas en brazos, sonrientes y contentas de volver a verla.

–Han pasado una noche estupenda –dijo Kuma, dejándolas en el suelo–. Clemira está encantada con el nuevo príncipe, pero creo que les apetecía estar con alguien conocido esta mañana. ¿Qué tal tú? He oído que te invitaron a bajar a la fiesta.

–Sí –admitió Amy, asintiendo con nerviosismo.

Por suerte, Kuma no le preguntó más, le deseó que pasase una buena mañana y le recordó que las gemelas tenían que bajar a desayunar con la familia real en una hora.

–Espero que hayas disfrutado de tu estancia en Alzirz –añadió a modo de despedida.

Amy cerró la puerta y vio cómo las niñas se dirigían a gatas hacia el cuarto de baño.

–Ya se ha ido –dijo ella en voz alta.

Emir salió vestido solo con un albornoz blanco y a ella le ardieron las mejillas.

–Si alguien me ve por el pasillo, diré que he venido a ver a las niñas –le explicó–. ¿Podrías guardar mi uniforme...?

–Por supuesto.

Las niñas gritaron de alegría al darse cuenta de que tenían en la misma habitación a las dos personas que más querían del mundo. Y el hombre que le había pedido que creyese que siempre pensaba en sus hijas, aunque no lo demostrase, el hombre al que tanto le costaba demostrar sus sentimientos, volvió a confundirla al tomar a las pequeñas en brazos y hacerles unos cariños.

Después fue a dárselas a Amy, pero cambió de opinión.

–He oído que en palacio las llevas a la piscina.

–Todos los días –admitió Amy–. Les encanta.

«Márchate», le suplicó ella con la mirada.

–Enséñamelo –le dijo él.

Así que Amy les puso los bañadores, se puso su bikini rojo del día anterior, y Emir las acompañó no como el jeque distante, sino como un hombre moderno que quería disfrutar del agua con sus hijas.

De repente, Amy sintió vergüenza.

Al principio, le pareció mal estar en el agua con él, le pareció mal que Emir la salpicase, que quisiese que jugase con las niñas y con él, pero no tardó en relajarse.

Durante un rato fueron una familia, una familia de vacaciones, tal vez, y se olvidaron de todas sus preocupaciones.

Esa mañana, Emir era el padre de sus hijas, que disfrutaron de su amor. Y Amy estaba allí con ellos, Emir no la dejó fuera. Y se dieron un beso.

–Voy a hacer una foto –dijo después Amy–. Para su habitación.

Quería que las niñas tuviesen una fotografía con su padre, una fotografía de los tres, juntos y felices.

Miró la imagen captada por su teléfono móvil y se dijo que así podían ser las cosas. Se dijo que quería a aquellas tres personas como si fuesen su familia.

O casi.

Pero no era suficiente.

–Prepara a las niñas –le pidió Emir cuando volvieron al interior–. Y bájalas a desayunar.

A Amy le sorprendió el cambio en él, pero se dio cuenta de que en unos minutos volverían a verse en la mesa del desayuno y tendrían que comportarse como si nada hubiese pasado.

Emir volvía a ser el rey.

Capítulo 12

LAS celebraciones continuaron.

El nacimiento de un nuevo príncipe así lo exigía y Amy se dio cuenta de que Natasha estaba cansada.

El desayuno fue más o menos formal. Había una mesa larga y baja, llena de comida que Amy había aprendido a disfrutar durante el tiempo que llevaba viviendo en Alzan, pero esa mañana no estaba allí para socializar ni para comer, sino para asegurarse de que las gemelas se portaban bien. Ella tenía que haber desayunado antes de que se despertasen las niñas.

Así que estaba muerta de hambre.

Emir la vio mirar la comida y supo que tenía hambre. Él estaba sentado a la mesa de Rakhal y habría sido de mala educación no comer, pero se sintió culpable al hacerlo.

Sentía debilidad por Amy y lo sabía.

Y las decisiones tomadas en momentos de debilidad no eran buenas decisiones.

—¡Come algo! —insistió Natasha, que estaba sentada al lado de Amy y de las niñas—. Por favor.

—Ya he desayunado —respondió ella—. Gracias.

–Insisto –le dijo la reina.

Su marido le lanzó una advertencia con la mirada, pero ella le sonrió con dulzura porque había algo que Rakhal no sabía, algo que no le había dado tiempo a contarle.

Esa mañana había salido a montar a caballo y se había tomado un té en la terraza, desde allí, había oído reír a una familia junta, había sentido el amor en el ambiente. Sabía muy bien lo que era ser considerada una novia inadecuada, pero si las cosas estaban cambiando en Alzirz, también podían hacerlo en Alzan.

Amy intentó olvidarse de que tenía hambre y dio el desayuno a las niñas. Intentó no escuchar la atractiva voz de Emir ni girar la cabeza cuando hablaba. Intentó tratarlo con la distancia y la reverencia con la que lo habría tratado cualquier sirviente.

Las niñas hicieron demasiado ruido, pero estuvieron muy graciosas, sonriendo a todo el mundo. Cuando el desayuno empezó a concluir, les limpió la cara y se preparó para llevarlas de vuelta a su habitación y hacer la maleta para volver a casa.

«A casa, no», se recordó a sí misma. Ella volvía a palacio.

Por un momento, soñó despierta con lo ocurrido la noche anterior y deseó lo imposible. Y Clemira se dio cuenta de su distracción.

–¡*Ummi!* –exclamó, para llamar su atención.

Amy abrió los ojos de golpe y rezó un instante porque no la hubiese oído nadie, pero, por si acaso, Nakia imitó a su hermana como hacía siempre.

–¡*Ummy*!

–¡Amy! –las corrigió ella, intentando no darle importancia, pero no pudo evitar que los ojos se le llenasen de lágrimas y que se le encogiese el corazón al ver que las niñas la llamaban mamá en árabe–. Voy a prepararlas para el viaje.

Tomó a Clemira con manos temblorosas y agradeció que Natasha se levantase y tomase a Nakia.

Natasha era la anfitriona perfecta y se había dado cuenta de lo ocurrido, pero siguió a Amy sin hacer ningún comentario. Antes de salir de la habitación, Amy vio a Emir y se dio cuenta de que estaba muy serio. Estaba segura de que la reprendería por lo ocurrido.

Salió del salón pensando que aquello era imposible. Deseó que Natasha la dejase sola con las niñas, deseó que no intentase darle conversación, porque tenía ganas de llorar.

–Volveré y les daré una explicación –dijo Natasha–. Sé lo difíciles que pueden llegar a ser las cosas, pero les explicaré lo parecidas que son ambas palabras... Aunque, en realidad, pienso que es normal que te vean así.

–No soy su madre.

–Lo sé.

Amy notó que las lágrimas corrían por su rostro y abrazó a Clemira.

–Debe de ser muy difícil para ti, separarte de ellas. Quiero decir, que las has cuidado desde el día en que nacieron.

–¿Por qué iba a ser difícil separarme de ellas?

–preguntó Amy, mirando a la reina con el ceño fruncido–. Soy la niñera real, igual que Kuma.

Natasha se dio cuenta de que se había entrome-
tido demasiado, pero ya era tarde para retroceder.

–Por supuesto –respondió–. Además, algún día
tendrás tus propios hijos.

Amy estaba cansada, cansada de mujeres que
pensaban que la maternidad era algo evidente, que era
un derecho divino. Tal vez también estuviese cansada de disimular, de decir siempre lo que tenía que
decir, cansada de permitir que le pisoteasen el corazón.

Miró a Natasha.

–La verdad es que no puedo tener hijos.

La reina se ruborizó primero y palideció después. Amy se dio cuenta de que estaba al corriente
de lo suyo con Emir, tal vez se habían delatado la
noche anterior en la fiesta. A lo mejor se habían ig-
norado demasiado el uno al otro. ¿O acaso era visi-
ble su amor para los demás?

Sí, amor, pensó Amy con amargura, una amargura que no pudo quitar de sus palabras.

–Así que, sí, aunque a todo el mundo le parezca
un tanto extraño que las gemelas me llamen mamá,
para mí es muy doloroso. Ahora, si me perdona...

Quería llorar en privado porque Natasha no era
su amiga.

–Amy...

–¡Por favor!

Le dio igual estar hablando con la reina y estar
en su palacio. Necesitaba espacio.

–¿Le importaría dejar el tema?

Si hubiese levantado la vista, se habría dado cuenta de que también había lágrimas en los ojos de Natasha. Esta se marchó y los ojos se le volvieron a humedecer al volver a sentarse a la mesa y ver a Emir, tan alto y orgulloso, pero afectado.

No era la primera vez que veía esa expresión. Era la misma que había tenido el día que había perdido a Hannah.

Emir la miró, vio comprensión en su mirada y supo que lo sabía. Amy debía de haber confiado en ella.

Debía de haberle contado que era imposible que se convirtiese en reina.

Capítulo 13

LLEGÓ el temido día y Emir se levantó al amanecer.

Rezó intensamente.

Se sentía culpable. No había esperado ni un año a tocar a otra mujer y pidió perdón, aunque en el fondo supiese que no había nada que perdonar. No era aquello lo que ella necesitaba oír.

Sintió cómo Hannah se levantaba de su tumba, desesperada por oír aquellas palabras, porque sin ellas no podía descansar.

—Tomaré la mejor decisión.

Pero no era eso lo que ella quería, así que Emir se vio obligado a mirar más allá, pero no se atrevía.

Fue a la habitación de las niñas. Allí estaba Amy, acurrucada con ellas en el sofá, leyéndoles un cuento. No podía mirarla. Un rato después fueron las tres con él al desierto, a visitar la tumba de Hannah y presentarle sus respetos.

Amy se quedó sentada en el coche y los observó. Pudo hacerlo abiertamente porque las ventanillas del coche eran tintadas. Deseó poder reconfortar a Emir, decirle algo que lo consolase, pero ese no era ni sería nunca su papel.

Hacía cinco días que habían regresado de Alzirz.

«Cinco días ignorándola», pensó Emir en el camino de vuelta.

Cinco días controlándose.

Y toda una vida por delante para seguir haciéndolo.

Amy sintió su dolor al entrar a palacio y se obligó a mentir otra vez.

–Siento que sea un día tan duro.

Emir no podía mirarla.

–Si...

No continuó con la frase, pero lo que quería decirle era que si le resultaba demasiado duro, que si la noche se le hacía demasiado larga...

Él se dio la vuelta y no esperó a que los guardias le abriesen la puerta del despacho, entró y vio a Patel y a los demás ancianos rodeados de papeles. Emir ya sabía de qué se trataba. Fue a la mesa, los miró y notó cómo se le tensaba un músculo en la mejilla.

–¿La princesa y jequesa Jannah de Idam? –preguntó, mirando a Patel.

–Tiene muchos hermanos –respondió este con cautela–. Su padre también tiene muchos hermanos...

–¿La jequesa Noor? –añadió Emir, en voz baja, pero feroz.

–También hay muchos hombres en su familia... –le dijo Patel rápidamente–. Y es una familia muy longeva.

–Hoy es el aniversario de la muerte de la reina

Hannah, y en vez de estar arrodillados, rezando, estáis discutiendo acerca de quién va a reemplazarla.

—Es algo que debemos hacer, Majestad. El pueblo empieza a impacientarse. Hoy están llorando por ella, pero mañana empezarán a pedir...

—¡Silencio! —rugió Emir.

No era ese día el que temía, sino el siguiente, en el que debería seguir con su vida, y el siguiente y el siguiente.

—Daréis muestra de respeto a vuestra difunta reina y jequesa. Y daréis gracias por la madre de las princesas reales —añadió.

—Por supuesto.

—Veo que aquí no se menciona a las princesas —comentó después—. Veo que no os preocupa lo más mínimo que la próxima reina sea la idónea para ellas.

Maldijo a su secretario y este no esperó a que lo echase del despacho. Tampoco lo hicieron el resto de ancianos. La habitación quedó vacía en un momento y Emir se quedó solo. No quería que se terminase el día, no quería que llegase la noche. Porque no poder acercarse a Amy lo estaba matando, no poder recurrir a su cariño, no poder tenerla una y otra vez.

Era un hombre honorable.

Y pronto debería tomar una nueva esposa.

Volvió a leer la lista que le habían hecho e intentó imaginarse al lado de su esposa mientras que su amante, la mujer a la que en realidad quería, se ocupaba de sus hijas.

Nunca ser rey había sido tan duro.

Tomó su teléfono y dio gracias de que la respuesta fuese inmediata, si no, tal vez habría cambiado de opinión.

—Quiero que la niñera de las gemelas venga a hablar conmigo —ordenó—. La inglesa.

Necesitaba terminar con aquello lo antes posible y necesitaba tener la cabeza despejada para tomar la decisión adecuada. Y con Amy en palacio le era imposible. Ni siquiera podría pasar la noche teniéndola cerca, pero sin poder ser suya.

Ni siquiera un ejército, solo la distancia, podría alejarlo de ella esa noche.

—¿Te has vuelto a meter en un lío? —le preguntó Fatima a Amy cuando esta volvió de la piscina con las gemelas.

Amy estaba empezando a tenerle cariño y las niñas también, era una mujer firme, pero también era justa y amable y, lo que tal vez fuese lo más importante, había comenzado a querer a las pequeñas, que poco a poco se estaban ganando su corazón.

—¿En un lío? —preguntó ella sonriendo, dando por hecho que habían llamado de la cocina para quejarse de la comida que había pedido para las niñas, o que habían hecho demasiado ruido en la piscina—. Es probable. ¿Por qué?

—El rey desea hablar contigo inmediatamente, acaba de llamar.

En el fondo, Amy había sabido que iba a ocurrir.

Había sabido que era solo cuestión de tiempo, pero no había esperado que ocurriese ese día.

Tal vez por la noche.

Fatima le sugirió que se arreglase antes de ir a verlo, porque todavía llevaba el pelo mojado.

—No creo que sea necesario —le respondió ella.

¿Para qué iba a arreglarse, si la iban a despedir?

Miró a las gemelas, que estaban devorando las uvas que Fatima les iba dando al tiempo que contaba en árabe, y pensó que estarían bien con ella.

Atravesó el palacio y los guardias le abrieron la puerta al llegar al despacho de Emir y le recordaron que agachase la cabeza hasta que el rey se dirigiese a ella.

No les hizo caso.

Entró en la habitación con la cabeza bien alta, decidida a marcharse de allí con dignidad, pero nada más verlo deseó volver a ser su amante, rescatar lo que habían tenido. Abrió la boca para rogarle, pero él le advirtió con la mirada que sería el primero en hablar.

—Te marcharás esta misma tarde. Ya está todo organizado. Así tendrás un rato para estar con las niñas. He contratado a otra niñera, que ayudará a Fatima.

Amy quería hacer aquello con dignidad, pero no soportó la idea de que otra persona cuidase de las niñas.

—¡No! Sabes que las niñas están mejor conmigo, tú mismo lo dijiste.

—No me había dado cuenta de que solo están

aprendiendo a hablar inglés, que no sabían nada de nuestras costumbres...

–Sabrían muchas más cosas si pasases más tiempo con ellas. ¡No necesitan a otra niñera!

–Será lo mejor. Debemos respetar nuestras tradiciones.

–¿Y Londres? ¿Y su educación y todo lo que la reina Hannah quería para ellas?

–Este es su país.

Amy supo que no volvería a verlas. Que aquello era un adiós para siempre, y se le olvidó ser valiente y fuerte.

–Lo que me dijiste... de que fuese tu amante...

No podía marcharse, lo habría dado todo, incluso su orgullo, por quedarse allí. Porque en esa ocasión el corazón se le rompía por triplicado. Iba a dejar a las tres personas a las que más quería del mundo...

–Lo que dijiste de que yo estaría con las niñas en Londres...

–Es lo típico que decimos los hombres cuando queremos acostarnos con una mujer. Es lo típico que decimos cuando no pensamos con claridad –respondió él en tono frío–. ¿De verdad creíste que te escogería a ti para eso? Aquí una amante es una mujer con la que se desahoga un hombre, con la que va a relajarse y a evitar que lo bombardeen a trivialidades. No serías la persona adecuada.

Emir tenía razón.

Amy recuperó el color de las mejillas y notó que le ardía el alma, que tenía que enfrentarse a él.

–No sería una amante adecuada –le dijo, recuperando toda su dignidad–. De hecho, sería una amante horrible. Te bombardearía con anécdotas acerca de tus hijas. Lo compartiría todo contigo, cada logro, cada lágrima. Te molestaría con mi voz y con mis opiniones, y...

Se acercó a él, que levantó la barbilla para no mirarla.

–Y no te dejaría que te relajases –terminó Amy.

–¡Márchate! –exclamó él sin mirarla.

Amy sabía el motivo. Estaba luchando contra el deseo que sentía por ella, negándose a refugiarse en ella.

–Ve con las gemelas.

–Voy a ir a hacer la maleta –respondió ella–. Y pasaré la tarde en el aeropuerto.

No tenía nada más que decirle, no merecía la pena decir más ni podía hacer nada más por las gemelas. Al fin y al cabo, era solo una empleada.

Pero había sido su amante.

–Ambos sabemos por qué necesitas echarme hoy, Emir. Ambos sabemos que, de no hacerlo, pasarías la noche en mi cama, y que Dios te libre de mostrar ninguna emoción, ni de contarme lo que hay en tu mente. Ya puedes dejar de preocuparte por todo eso porque me marcharé de aquí en una hora –le aseguró Amy–. Y conmigo se irán todas las tentaciones.

–Te haces demasiadas ilusiones.

–La verdad es que hace tiempo que no me hago ninguna ilusión, pero lo haré a partir de ahora.

Amy había leído en una ocasión que las personas a las que les alcanzaba una bala a veces no se daban cuenta y seguían moviéndose, impulsadas por la adrenalina. En ese momento lo entendió.

Hizo la maleta y llamó por teléfono para pedir que un coche la llevase al aeropuerto. Tenía pocas cosas que llevarse, porque había llegado casi sin nada y se llevaba poco más, además de un corazón tan roto que casi ni lo sentía.

Como era la niñera real la que se marchaba, y como en aquel país se respetaban las costumbres, Emir bajó a despedirla con Clemira en brazos mientras que Fatima sujetaba a Nakia.

Y Amy hizo lo más difícil que había hecho nunca, pero lo que tenía que hacer. Se despidió de las niñas con un beso y consiguió sonreírles. Tal vez debía hacerle una reverencia a Emir, pero no lo hizo. En su lugar, se subió al coche y tras decir adiós a las niñas con la mano, no volvió a mirar atrás.

No volvería a permitir que Emir la viese llorando.

Capítulo 14

EMIR oyó llorar a las niñas por la noche. No tenía por qué haberlo hecho, porque su habitación estaba muy lejos de la de las pequeñas, pero se acercó a ver cómo estaban en varias ocasiones y se dio cuenta de que Fatima no podía calmarlas.

–Acabarán durmiéndose agotadas –le dijo Fatima, dejando de coser y acercándose a él.

Había puesto una silla en el pasillo y estaba esperando allí a que las niñas se durmiesen.

Pero no lo hacían.

Emir tampoco pudo tranquilizarlas. Al parecer, no lo querían a él y no supo qué hacer.

Salió de la habitación de las niñas y no fue a la suya, sino a la de Amy. Era un trayecto que hacía todas las noches miles de veces, que lo llevaba hasta una puerta que no podía abrir. En esa ocasión la abrió. La habitación estaba vacía, las puertas del balcón abiertas, por lo que ni siquiera quedaba rastro de su olor. La cama estaba sin sábanas y los armarios vacíos. Habían limpiado el baño. Como un loco, abrió también los armarios de este antes de volver a la habitación, pero no encontró ni rastro de ella.

Volvió a la habitación de las niñas, que seguían llorando mientras Fatima cosía. Esta se levantó al verlo llegar, pero Emir le dijo que se sentase y entró en la habitación. Encendió la luz y tomó a sus hijas en brazos.

Estudió el corcho en el que había cientos de fotografías de las niñas, también de él y de Hannah, pero ni una sola de Amy. Y se dio cuenta de que se había marchado para siempre del palacio y de su vida, así como de la vida de sus hijas.

Las niñas lloraron todavía más a pesar de estar en sus brazos y Emir las envidió porque podían expresarse, llorar y golpearle el pecho con los puños.

Miró por la ventana hacia el cielo. Pensó en llamar al avión e ir al aeropuerto con las niñas, pero ella misma lo había dicho, habría sido una amante horrible.

Tenía que ser su esposa.

–¿Ummi? –suplicó Clemira.

Sus hijas tenían a dos madres a las que llorar. Emir las abrazó hasta que estuvieron agotadas. Entonces las dejó en una cuna todavía despiertas, mirándolo con enfado, todavía respirando con dificultad. Él pasó un dedo por la mejilla de Clemira, por sus cejas, tal y como le había enseñado a hacer Amy un año antes, pero la niña no cerró los ojos. Lo miró con frialdad, agotada, pero desafiante. Sí, había nacido con madera de líder.

Lo mismo que él.

Pero las leyes no le permitirían serlo.

–Me marcho al desierto –le dijo a Fatima al salir

de la habitación–. La niñera nueva llegará dentro de dos días.

Fatima inclinó la cabeza. No le preguntó cuándo volvería, no insistió en saberlo para poder decírselo a las niñas. Emir se dio cuenta de que así se suponía que tenía que ser, no como tenía que ser.

Se unió a Amy en el cielo, pero en su helicóptero.

Una vez en el desierto, hizo que Raul preparase su caballo y cabalgó toda la noche. Llegó al oasis al amanecer. Ya había pasado un año y tenía que seguir adelante.

Rezó mientras esperaba a que le diese consejo el anciano, que estaba seguro de que iría.

–Hannah no va a descansar.

El anciano asintió.

–Antes de morir, me hizo prometer que haría lo que fuese mejor para las niñas –dijo, mirando al hombre a los ojos negros–. Y lo que fuese mejor para mí.

–¿Y lo has hecho?

–Antes tengo que hacer lo que es mejor para mi país.

–¿Porque eres el rey?

Emir asintió.

–Esa fue la promesa que le hice a mi padre cuando murió –le dijo.

Recordó lo mucho que había sufrido entonces la pérdida de su padre.

–Lo mejor para mí es que me case con Amy. Y también es lo mejor para las niñas, pero no es lo mejor para mi país.

Emir decidió contarle el motivo al anciano.

–No puede tener hijos.

Esperó a que el hombre sacudiese la cabeza y le dijese que aquello era imposible, que era evidente que no podía ser, pero el otro hombre guardó silencio.

–No puede darme un hijo varón –se sintió obligado a añadir él.

–¿Y la nueva esposa que vas a tomar sí? –preguntó el anciano.

Emir cerró los ojos.

–¿Y si tu nueva esposa también te da niñas? Como la reina Hannah.

–Si no tengo un varón, será el fin de mi linaje –respondió él con frustración–. Alzirz absorberá a Alzan y los dos países se convertirán en uno solo.

–Esa es la predicción –le dijo el anciano–. No puedes luchar contra ella.

Emir estaba harto de predicciones, de máximas, de un destino sellado en la arena del desierto y en las estrellas.

–No debe ocurrir –respondió.

Pensó en su pueblo, en el pueblo que había rechazado a sus hijas. Aunque no fuese tan malo, solo era un pueblo asustado. Emir quería demasiado a su pueblo y a su país, y sabía que este lo necesitaba como líder.

–No puedo darles la espalda. Alzan tiene sus leyes...

–Y Alzirz también –le dijo el anciano–. Si eres rey, es por algo.

Emir supo que había pasado un año y que había llegado el momento de que Hannah descansase, el momento de enfrentarse a las cosas, de tomar una decisión. Se puso en pie. El anciano siguió sentado.

—Sabrás qué es lo que tienes que hacer.

Sabía lo que tenía que hacer y ya nada iba a detenerlo.

Montó en su caballo y galopó hacia una tierra en la que no era bienvenido si no había sido invitado. Nadie lo detuvo.

Al llegar a Alzirz, los guardias de Rakhal acudieron a su encuentro y galoparon a su lado, pero ninguno intentó detener a un rey empujado por siglos de furia.

El rey Rakhal fue avisado de su llegada y lo estaba esperando en la puerta de su vivienda en el desierto. Tenía a su esposa al lado, con los ojos llenos de lágrimas, negándose a volver a la tienda, aunque fuese lo mejor porque ambos hombres sabían que utilizarían la espada si era necesario. Ambos lucharían a muerte por lo que era suyo.

Emir bajó del caballo y dio el primer paso. Buscó en su ropa, no un cuchillo, sino dos piedras preciosas que tiró a los pies de Rakhal.

—¡No vuelvas a insultarme nunca!

Rakhal se echó a reír.

—¿Mi regalo te insultó? Son los mejores zafiros que pude encontrar. ¿Cómo es que te ofendieron?

—Llegaron la mañana de la muerte de la reina Hannah, así que también la insultaron a ella.

Escupió en la tierra, cerca de donde estaban los zafiros y volvió a escupir mirando Rakhal.

–Pronto volveré a casarme.

–Estoy deseando acudir a las celebraciones –le respondió Rakhal–. ¿Puedo preguntar quién será la afortunada?

–Ya la conoces –respondió Emir–. Amy.

–¡Enhorabuena! –respondió Rakhal sonriendo. Era evidente que su esposa se lo había contado todo–. Tú también deberías dármela a mí, porque Alzan será mío.

–No.

Emir sacudió la cabeza.

–¿Cómo que no? ¿Estás considerando la idea de abdicar en tu hermano? –le preguntó Rakhal riendo–. ¡Ese réprobo! Si es incapaz de estar fuera de un casino y sobrio el tiempo suficiente para hacer los votos. Creo que vas a tener que felicitarme.

–Eso nunca, en toda mi vida –le dijo Emir–. Y planeo vivir muchos años. Soy el rey y moriré siendo rey. Alzan dejará de existir conmigo.

Vio cómo Rakhal dejaba de sonreír y añadió:

–Le deseo una larga vida a tu hijo, que heredará lo que le transmitas. Le deseo que las leyes sean benévolas con él y que se case con una mujer que le dé hijos sanos. También le deseo una larga vida a su esposa, porque tu padre se quedó muy solo cuando tu madre murió, ¿verdad? Pero no pudo volver a casarse debido a las leyes. Espero que la historia no se repita con tu hijo.

Vio a Natasha llorar, pero Rakhal se mantuvo firme.

–Tu pueblo no se pondrá contento. Tu pueblo nunca aceptará...

–Yo me ocuparé de mi pueblo –lo interrumpió Emir–. Y rezaré por tu hijo. Espero que su estancia en el desierto resulte fructífera y lo prepare para todo lo que le espera. Mi pueblo se pondrá triste cuando su rey se haya ido, sí. Se levantará y luchará mientras toman su país.

A juzgar por su expresión, Rakhal se dio cuenta de la carga que tendría que asumir su hijo recién nacido. Era la carga que ambos reyes habían llevado, toda para él.

–Somos reyes, Rakhal –continuó Emir–, pero sin un poder real. Yo intentaré reinar lo mejor que pueda y hacerlo además lo mejor que pueda con mis hijas.

Y era cierto. Estaba seguro de que aquello era lo correcto. No podía seguir luchando contra las predicciones.

Volvió a recorrer el desierto con una extraña paz interior. También sintió la paz de Hannah, que ya podía descansar.

De repente, hizo que su caballo se detuviese con brusquedad y el animal levantó las patas delanteras. Emir se dio cuenta de que todavía no había hablado de aquello con Amy. Aunque lo más probable era que no tuviese de qué preocuparse. Ninguna mujer podía rechazar semejante proposición.

Pero ella no era de aquellas tierras ni se parecía

a ninguna de las mujeres que Emir conocía. Las últimas palabras que había tenido con ella habían sido duras. De repente, volvió a sentirse preocupado al darse cuenta de que era posible que Amy no quisiera gobernar a su lado a un pueblo que, con el paso de los años, cada vez se mostraría más desesperanzado. Tal vez prefiriese no vivir en un país en la que su fertilidad, o falta de esta, sería un tema recurrente.

Entonces se dio cuenta de que era posible que Amy no le dijese que sí.

Capítulo 15

LA VUELTA a Inglaterra fue horrible.

Amy se alegró de ver a todo el mundo y de estar en casa. Se estaba bien en casa de mamá.

Al menos un día, siete horas y treinta y seis minutos.

Pero cuando su madre volvió a decirle por enésima vez que ya le había advertido que no se encariñase demasiado con las niñas, como si se tratasen de un hámster ajeno que hubiese cuidado durante unas vacaciones, Amy supo que tenía que marcharse de allí.

Tardó una semana en encontrar un pequeño apartamento amueblado de alquiler. Estaría allí hasta que encontrase un lugar en el que vivir a más largo plazo, un lugar en el que se sintiese como en casa. En esos momentos su corazón seguía en palacio. Por las noches echaba de menos a Emir y todavía dormía con un ojo abierto por si las gemelas la llamaban y tenía que levantarse. Le dolían los pechos como si las hubiese estado amamantando, pero sabía que tenía que empezar a superarlo, tenía que empezar de cero, otra vez. Ya lo había hecho en una ocasión, esa vez le costaría menos. ¿O no?

Intentó no perder el control sobre sí misma. Salió con amigos, se puso al día, se compró un par de conjuntos e incluso fue a la peluquería y se cortó la melena a capas. Sus amigos le dijeron que estaba estupenda. Los baños en la piscina con las gemelas habían hecho que llegase a Londres en mitad del invierno con un bonito bronceado.

Nunca había estado tan guapa, pero su aspecto exterior no tenía nada que ver con cómo se sentía por dentro.

—Estás preciosa —le dijo su exprometido.

Y a ella no le gustó oír aquello, pero se había enterado de su vuelta y quería verla, y a Amy le pareció que era una buena oportunidad para pedirle perdón.

—¿Por qué? —le preguntó él.

Por el año de amargura que había vivido ella sin ninguna necesidad, porque él había hecho lo correcto al terminar con lo suyo, le dijo.

—¿Estás segura? —insistió él antes de dejarla en casa.

Acababa de terminar una relación con una madre soltera y ya no estaba tan seguro de querer tener hijos, así que pensaba que podían volver a intentarlo.

Pero Amy estaba segura de que no quería nada con él porque no quería un amor lógico, lo que quería, estaba convencida, era un amor ilógico.

Había descubierto lo que era el amor.

Aunque no lo comprendiese.

Aunque no fuese correspondido.

El corazón se le había roto tres veces.

El accidente, la pérdida de su prometido, las secuelas, ni siquiera entraban en la ecuación. No habían sido nada en comparación con lo que había sufrido después.

Echaba de menos a sus niñas y las quería como habría querido a sus propios hijos si hubiese podido tenerlos. Había estado presente el día de su nacimiento y todos los días a partir de entonces, y se moría por verlas. Sentía que le había fallado a Hannah, no por haberse acostado con Emir, sino por haber abandonado a las niñas.

Estaba cansada de oír que tenía que superarlo, como si el amor que sentía no contase, como si pudiese despertar un día y no echarlos de menos, pero tenía que encontrar la manera de hacerlo.

No podía llorar. Tenía que guardar la compostura. Buscaría un trabajo y recuperaría su vida en Londres. Buscó su teléfono en el bolso y no fue para ver si Emir la había llamado, porque habían pasado dos semanas y no lo había hecho, sino para mirar la fotografía que le había hecho con las niñas.

Abrió el bolso y descubrió, horrorizada, que no tenía el teléfono. Buscó y rebuscó e intentó recordar la última vez que lo había utilizado, segura de que lo había metido en el bolso. Tal vez se lo había olvidado en el restaurante, pero no, Amy recordó haber mirado a escondidas la fotografía en el coche.

El teléfono le daba igual, pero no soportaba la idea de haber perdido la fotografía de Emir, Clemira y Nakia. Era lo único que le quedaba de ellos.

Ni siquiera pudo llamar a su ex para ver si había encontrado el teléfono porque tenía su número en él. Estaba empezando a ponerse nerviosa cuando llamaron al timbre. Amy corrió a abrir, e incluso sonrió al pensar que era su ex con el teléfono. Pero dejó de sonreír nada más ver quién llamaba a su puerta.

—¿Emir?

Había muchas preguntas detrás de aquella única palabra, pero Amy no fue capaz de decir nada más. Ni siquiera estaba segura de que fuese él. Por un momento, se preguntó si no habría mandado a su hermano, porque el hombre que tenía delante era el Emir al que no había visto nunca: de aspecto más joven, relajado y sonriente. ¿Cómo podía parecer tan feliz? ¿Cómo se atrevía a estar tan distinto? A pesar de saber que en Londres vestía de traje, ella nunca lo había visto así antes y lo cierto era que estaba impresionante.

—¿No soy el hombre al que esperabas?

—La verdad es que no.

No hizo falta que se explicase más.

—Es muy difícil dar contigo.

—¿Sí?

—Tu madre no me ha querido dar tu dirección.

—Era de esperar —respondió ella, encogiéndose de hombros—. ¿Cómo me has encontrado?

—De una manera poco honesta, la verdad —admitió él.

Tenía el poder suficiente para conseguir lo que se propusiese y Amy no debía bajar la guardia con él. No podría soportar que le hiciese más daño, pero había algo que tenía que saber.

−¿Están bien las niñas?

−Están bien −le dijo Emir−. Bueno, te echan mucho de menos.

Ella recordó haberle dicho aquello mismo en su despacho, pero que eso no había cambiado nada. No obstante, lo invitó a entrar, tenía que averiguar qué hacía allí y tenía que zanjar aquel tema si quería poder pasar página algún día.

−¿Están en Londres?

−No.

Emir le quitó aquella ilusión de golpe, pero tal vez fuese mejor así, ya que Amy no habría soportado tener que volver a despedirse de ellas.

−Tienen una niñera nueva. Es más joven y flexible que Fatima. Están empezando a acostumbrarse a ella y no me ha parecido bien interrumpir...

−Emir, por favor −le cortó ella.

No quería oír lo rápidamente y lo bien que las niñas se estaban adaptando a su sustituta.

−Me alegro de que estén bien −añadió.

Se obligó a sonreír y después, por primera vez desde que lo había visto en la puerta, se acordó de que era un jeque y un rey, cosa que se le olvidaba en ocasiones, y después de recordarlo, no supo qué hacer con él.

Consciente de la humildad de su apartamento de alquiler y preguntándose si podía ofrecerle un café instantáneo, se acordó de sus modales y obligándose a sonreír le preguntó:

–¿Quieres tomar algo?

–He venido a hablar contigo.

–Podrías haberme llamado por teléfono.

Aunque lo había perdido, pero en esos momentos le dio igual.

–Siéntate –lo invitó–. Sacaré algo de beber.

–No he venido a tomar nada.

–Bueno, entonces lo tomaré yo.

Fue hasta la nevera y la abrió. Agradeció el aire frío y sacó de ella una botella de vino. Buscó dos copas. Se alegró de tener algo que hacer, ya que necesitaba estar de espaldas a él unos segundos para recuperar la compostura. No quería que Emir viese en su expresión que le había roto el corazón.

–¿Qué estás pensando? –le preguntó Emir, entrando en la minúscula cocina.

Amy tuvo la sensación de que esta encogía todavía más.

–¿De verdad quieres saberlo?

–Sí, de verdad quiero saberlo.

–Estoy pensando que es una suerte que la botella venga con el tapón de rosca, porque no tengo sacacorchos y...

–¡Amy!

–Y me estaba preguntado qué habrá pasado con todas esas personas que se dedicaban a fabricar corchos.

Era cierto, porque darle vueltas a aquello le resultaba más fácil que pensar en el hombre que estaba en su casa, justo detrás de ella. Sabía que si se daba la vuelta se encontraría con un hombre al que no podría resistirse.

–¿Qué más estás pensando?

–Que es una crueldad que estés aquí –le dijo ella–. Que no quiero ser tu amante.

Dejó de servir el vino. De todas maneras, lo estaba haciendo fatal. Tenía los ojos llenos de lágrimas y no veía nada, los cerró al notar la mano de Emir en su brazo y juró que sería fuerte antes de girarse hacia él.

–También estoy pensando que hice muy bien en marcharme, que no quiero estar contigo.

–Eso no lo creo.

Miró sus labios y sintió debilidad, pero se obligó a ser fuerte y a levantar la vista a sus ojos.

–Ni siquiera habría querido ser tu esposa.

–Eso tampoco lo creo.

–Es la verdad. Como ya te dije en una ocasión, si tú hubieses sido mi marido y las niñas mis hijas, me habría marchado hacía mucho tiempo.

–Y yo te dije a ti que tenía motivos por los que no podía ser el padre que quería ser para ellas, pero esos motivos ya no existen.

Ella sacudió la cabeza.

–No te quiero, Emir.

–Claro que me quieres.

Era tan arrogante, parecía tan seguro de sí mismo, tan confiado.

–No.

–No es eso lo que me dice tu cuerpo.

Pasó las manos por sus brazos y luego las apartó. Amy se estremeció, porque solo sus caricias podían calentarla.

–Ni lo que veo en tus ojos.

Amy bajó la cabeza y como no podía retroceder, levantó las manos para apartarlo, pero no se atrevió a tocarlo.

–Márchate, Emir –le suplicó–. No puedo pensar con claridad cuando estoy cerca de ti.

–Lo sé.

Ella negó con la cabeza. ¿Cómo podía saber cómo se sentía? Al fin y al cabo, estaba tranquilo y seguro de sí mismo, mientras que ella no podía parar de temblar.

–Sé lo complicado que es tomar buenas decisiones cuando el amor te nubla la mente.

Amy levantó la cabeza al oírle hablar de amor. Y se le escapó un grito ahogado con sus siguientes palabras, cuando dijo algo que ningún rey debía decir.

–He estado pensando en abdicar.

–No.

No debía pensar en aquello, mucho menos decirlo en voz alta. Amy sabía, por el tiempo que había pasado en Alzan, lo que eso significaba, sabía lo serio que era, pero Emir continuó impertérrito. Aquel hombre distante la invitó a acercarse más, no solo a su cuerpo, sino también a su mente. Hizo que apoyase la cabeza en su pecho y se lo contó todo, compartió con ella su infierno.

–Siempre que veía a las niñas riendo y felices, o llorando y tristes, quería que fuesen lo primero. No quería gobernar un país que se siente decepcionado con mis hijas, que no celebra sus cumpleaños, que solo se contentará con un varón. Cuando estoy con mis hijas lo único que quiero es dejarlo todo...

–No puedes.

–No estoy seguro de querer gobernar un país cuyas leyes no puedo cambiar. No estoy seguro de querer darle al pueblo el hijo que quiere solo para poder transmitirle mi cruz a este –continuó, sacudiendo la cabeza–. No, no quiero hacerle eso a mi hijo.

Levantó la barbilla y miró a los ojos a la mujer a la que amaba.

–Te quiero y no puedo volver a perder a la mujer a la que amo.

Y a Amy le pareció bien que reconociese que había querido a Hannah, e incluso que comparase su amor con el que había sentido por la reina. Se lo dijo de tal manera que no pudo evitar ponerse a llorar.

–Y tampoco puedo permitir que Clemira y Nakia vuelvan a pasar por ello –añadió–. Has hecho tan felices a mis hijas. Te llaman madre, y eso es lo que deberías ser.

La vio negar con la cabeza.

–Nada más marcharte, quise tomar un avión, pero supe que tenía que reflexionarlo bien. Gobernaré Alzan lo mejor que pueda mientras viva, y si el pueblo se subleva, si las cosas se ponen feas, os marcharéis de allí y yo pasaré la mitad del tiempo aquí y la mitad, allí.

–No... –insistió Amy, pero lo tenía muy cerca y era débil con él cerca.

–Sí –la contradijo, abrazándola con fuerza–. De todas maneras, tendremos tiempo para encontrar una solución.

No pudo evitar hablar en tono de broma al ver que ella se ruborizaba.

–Nadie tiene por qué saber inmediatamente que no puedes tener hijos.

–Se lo dije a Natasha –le advirtió ella, pensando que Emir se pondría serio, pero en su lugar lo vio sonreír.

–Lo sé.

–Estaba cansada de que todo el mundo diese por hecho...

–Lo sé –dijo Emir, dejando de sonreír–. Me enfrenté a Rakhal y le conté cuál era mi postura.

–¿Y qué te dijo?

–Que Alzan sería suyo –le contó él, encogiéndose de hombros–. Yo le recordé que si vive más que yo y hereda mi reino, algún día este pertenecerá a su hijo. Si Rakhal decide contarle a mi pueblo que no puedes tener hijos... tendrá que vérselas conmigo.

–No puedo casarme contigo, Emir –le dijo Amy–. No soporto pensar que voy a decepcionar a tu pueblo.

El hecho de que Emir la quisiese tanto la reconfortaba y la asustaba al mismo tiempo. Que estuviese dispuesto a abandonar su país por ella era casi insoportable.

–No eres tú quien debe soportar esa carga –respondió Emir–. Ya lo había pensado antes de que naciesen las gemelas. El corazón de Hannah era tan débil que no podía pedirle que se quedase embarazada otra vez. Tú no eres responsable de esto. Tendremos tiempo antes de que el pueblo sepa... Tiempo para encontrar la mejor manera de contárselo.

Estaba haciendo todo lo posible por tranquilizarla, pero aunque la decisión de Emir fuese la correcta, Amy sabía el dolor que entrañaba.

—No puedo hacerlo, Emir.

—Puedes hacerlo conmigo a tu lado. Yo te protegeré, lo mismo que a las gemelas. Serás una reina maravillosa —le aseguró—. Mi pueblo no podría tener una mejor.

—Sí podría.

—No.

Emir estaba seguro.

Estaba tranquilo con la decisión que había tomado. Habría hecho todo lo posible por su pueblo, pero su corazón era de sus hijas y él era lo suficientemente fuerte para detener aquella locura. No podía transmitir semejante carga a un hijo suyo.

Allí estaba, el amor ilógico que Amy había querido. El amor era algo extraño: hacía fuerte y débil al a vez. Lo suficientemente fuerte para defender sus convicciones... Y lo suficientemente débil para, tal vez, ceder.

Pero aquel era Emir, y aunque en ocasiones se le olvidase que era el rey, aquella era su vida y Amy no quería ser el centro de atención.

Estaba luchando contra su indecisión cuando sonó el timbre de la puerta. Al otro lado estaba el hombre al que había creído amar en el pasado, y tenía su teléfono en la mano.

–Gracias.

Lo vio mirar por encima de su hombro, hacia donde estaba Emir, lo vio arquear las cejas y darse la vuelta sin decir palabra. Amy cerró la puerta. Estaba nerviosa antes de girarse hacia el hombre al que amaba y al que amaría toda su vida, pero tenía que ser fuerte y decirle que no. Aquella breve interrupción le había dado la oportunidad de reponerse.

–Me dejé el teléfono... –le dijo, incapaz de mirarlo a los ojos–. Salimos hace un rato...

–Te he visto volver –admitió Emir–. Te estaba esperando en el coche. Estábamos hablando de...

–No ha pasado nada –lo interrumpió ella–. Él solo quería...

–No me importa –le dijo Emir, frunciendo el ceño porque sabía que debía importarle–. Estábamos hablando de nuestro matrimonio...

–¡Emir! –exclamó ella–. Mi exprometido acaba de venir, sabes que hemos salido juntos esta noche ¿y no te importa?

No podía creer lo que estaba oyendo.

–¿No tienes que hacerme ninguna pregunta? –añadió.

–No –le respondió él.

A ella no le habría importado que se pusiese un poco celoso, al fin y al cabo, había salido con su ex.

–¿Debo tomarme como un cumplido que confíes tanto en mí?

–Podrías tener mil amantes, Amy –le contestó él, acercándose–, pero todos te dejarían vacía. Ninguno podría compararse conmigo.

–¿Estás seguro?

–Completamente –afirmó Emir–. Podrías salir a cenar cientos de veces y no podrías evitar pensar en mí.

Amy sabía que tenía razón. Esa noche solo había podido pensar en él, sus esfuerzos en concentrarse y escuchar habían sido en vano.

–Y cuando te besasen –añadió él, apoyando sus labios en los de ella–, desearías lo que ningún otro hombre podrá darte.

Ella cerró los ojos y abrió la boca para contradecirlo. No tenían futuro. Pero él le metió la lengua dentro para que se diese cuenta de lo que quería decir.

–Siempre me echarías de menos.

–No –mintió Amy.

–Te arrepentirías de la decisión durante el resto de tu vida.

–No –insistió Amy, a pesar de saber que era cierto.

–Nos casaremos –concluyó Emir.

La conversación se había terminado. Le había costado mucho tomar aquella decisión y quería sellarla.

La abrazó con fuerza y Amy notó su corazón, que no estaba acelerado, sino que latía con firmeza porque Emir estaba seguro.

Este tomó su barbilla y miró sus labios.

–Hay tantos besos que no nos hemos dado.

Bajó su boca a la de ella y la besó despacio.

–Este es el beso que quise darte una mañana que te vi paseando por los jardines –le dijo.

Luego le dio otro, más apasionado.

–Este es el que me habría gustado darte cuando bajaste a la fiesta.

Amy no quería llorar delante de él, pero se estaba quebrando.

–¿Y este? –le preguntó Emir–. ¿Sabes cuándo me habría gustado darte este?

–Sí –respondió ella, poniéndose a llorar.

Y Emir la reconfortó como le hubiese gustado hacerlo después de aquel desayuno en el que Clemira la había llamado *Ummi* y ella había deseado poder tener sus propios hijos. La abrazó como le habría gustado abrazarla ese día.

–Jamás tendrás que volver a enfrentarte a ello sola –le prometió, sabiendo que el beso la había transportado a aquel día.

Luego volvió a besarla y Amy volvió al día en que Emir la había dejado marchar de palacio. Y luego el beso se volvió más hambriento y duro, y ella lo reconoció. Aquel era un beso que solo podía terminar de una manera.

Pero Emir lo interrumpió.

–Volverás a Alzan y nos casaremos –sentenció.

–¡No me digas lo que tengo que hacer! –replicó ella–. Se supone que deberías arrodillarte y pedirme que me case contigo.

–En mi país no se hacen las cosas así –le dijo él.

Tomó su mano y la llevó hasta su erección. Ella mantuvo la mano inmóvil, pero a Emir no le importó, porque sabía que Amy estaba haciendo un esfuerzo para no acariciarlo.

—Puedes decirme que sí –le dijo–. O darme un beso de despedida, si te atreves.

Amy no pudo evitar sonreír.

—Dime que sí, Amy.

—No puedo.

—Entonces, no podrás tenerme.

Emir volvió a besarla, confundiéndola otra vez. Sin separar los labios de los de ella, la condujo hacia la cama deshecha. La tumbó y empezó a desnudarla.

—Emir...

—Pídeme que pare y lo haré. Dime que no debemos estar juntos y me marcharé –le dijo él mientras le desabrochaba el sujetador.

Clavó los ojos en sus pechos y ella deseó que se los acariciase con la boca, pero aun así guardó silencio.

Así que él le bajó la cremallera de la falda y tiró de ella, pero Amy no levantó las caderas para ayudarlo. Después de aquello, empezó a desnudarse también.

Se quitó la chaqueta y la dejó encima de una silla. Tardó siglos en quitarse cada uno de los zapatos y los calcetines.

—No me tendrás hasta que no me digas que sí –insistió mientras se quitaba la corbata y se desabrochaba la camisa. Se bajó los pantalones y los calzoncillos–. No te oigo, Amy.

—Porque no he dicho nada –respondió ella, pero en esa ocasión, cuando Emir tiró de su falda sí que levantó las caderas.

¿Cómo iba a rechazarlo? ¿Cómo no iba a casarse con él? Intentó mirar hacia el futuro, segura de que se arrepentiría de su decisión, pero estaba deseando decirle que sí.

Emir le quitó también las braguitas y la dejó completamente desnuda, pero ella siguió sin ceder.

Él se arrodilló entre sus piernas y empezó a besarle los muslos hasta que Amy se retorció de deseo. Emir no estaba jugando limpio. Lo vio levantar la cabeza y acariciarse, y se quedó hipnotizada con la imagen.

—No voy a poder esperar eternamente —le advirtió él.

Y tenía razón. Jamás tendría un amante mejor que él. Nunca podría olvidarlo. A Amy se le aceleró la respiración, nunca había deseado algo tanto.

—No eres capaz de seducirme para que te diga que sí.

—Claro que puedo.

Podía. Y se esforzó en hacerlo.

—Sí —le suplicó ella, porque quería terminar con aquello.

—¿Y esos modales? —bromeó Emir.

—¡Se me han olvidado! —gritó Amy.

Emir la penetró. No se detuvo ni un instante para dejarla pensar. Era suya y siempre lo sería.

—Por favor... —gimió ella, abrazándolo por la cintura, poseyéndolo, encerrándolo para asegurarse de que llegaría al clímax.

Ambos se dejaron llevar por el placer de un orgasmo que selló su unión.

Y después de aquello Emir durmió mejor que nunca, tranquilo porque sabía que había tomado la mejor decisión.

Pero Amy no pudo descansar a su lado. Todavía no podía creer que hubiese aceptado.

Iba a ser reina.

Capítulo 16

TIENES que venir a casa –le respondió Emir cuando ella le contó sus miedos.

Y Amy supo que tenía razón, supo que quería estar en Alzan.

No tardaron en marcharse de Londres, solo se quedaron allí el tiempo necesario de recoger sus cosas y de convencer a su madre de que fuese a Alzan a la boda, y de que todo iba a salir bien.

El viaje se le hizo corto en el lujoso avión de Emir y casi ni se dio cuenta de que la gente los esperaba en la calle para saludar a la que iba a ser su nueva reina. Todo pasó en un borrón porque Amy tenía la mente demasiado ocupada para fijarse en todos los detalles, pero aun así jamás olvidaría su vuelta a palacio.

Emir la agarró de la mano para atravesar el recibidor y subieron juntos las escaleras para ir a la habitación de las niñas. Allí, Emir la soltó, entró delante, y ella se escondió detrás y sonrió de felicidad al ver cómo reaccionaban las niñas al ver a su padre. Estaban jugando con la casa de muñecas, pero no tardaron en olvidarse de ella. Su padre había vuelto y no necesitaban nada más... Y entonces la vieron a ella.

–*¡Ummi!* –gritó Nakia la primera.

Y Clemira frunció el ceño, miró a su hermana y la reprendió porque había aprendido que era una palabra que no debían decir.

Pero después miró hacia donde señalaba su hermana y al verla se puso a llorar y dio sus primeros pasos en dirección a Amy.

–Ya está –la tranquilizó Amy, dándose cuenta de lo mucho que había sufrido al tomar en brazos a Clemira y notar cómo desaparecía el dolor.

La pobre Nakia se levantó también, pero todavía no sabía andar, así que se puso a llorar también, y lloró todavía más cuando Amy la tomó en brazos. Y ella se sintió abrumada al verlas llorar y reír a la vez, al ver cómo la besaban. Miró a Emir con lágrimas en los ojos y se dio cuenta de que él también tenía los ojos húmedos.

Había perdido a sus padres, a su esposa y casi a ella. Era increíble que todavía creyese en el amor, y había tomado la decisión adecuada.

Aquello tenía que salir bien.

No obstante, el día de su boda Amy se despertó apesadumbrada. Entendió que Emir no hubiese podido tomar su decisión con ella cerca, porque cuando estaban juntos, a ella también le parecía que lo mejor era que se casasen, también pensaba que el amor era la solución. Pero Emir había pasado el día anterior a la boda en el desierto y esa mañana Amy ni siquiera tenía a las niñas para entretenerse, ya que su nueva niñera las estaba preparando.

Y sintió que estaba engañando a la gente.

La sirvienta entró y abrió la ventana y la habitación se llenó del aire húmedo del desierto. Amy tuvo la sensación de que intentaba tranquilizarla mientras ella trataba de tragar la fruta madura que habían recogido esa misma mañana en el desierto.

Era la tradición para la futura reina de Alzan.

Las sirvientas se encargaron de que bebiese pociones de fertilidad y ella se sintió peor con cada trago.

Se bañó y la maquillaron y la peinaron. Luego le pusieron un vestido dorado y ella pensó en su madre, que había hecho todo lo posible por disuadirla de aquello, lo había intentado incluso la noche anterior.

–No –le había respondido ella–. Me ama.

Y en ese momento se sintió culpable por haber aceptado aquel amor. Se suponía que tenía que ser el día más feliz de su vida, pero ella no podía evitar saber que jamás sería la reina que su pueblo quería en realidad.

Solo faltaban los últimos retoques. Oyó cómo aumentaba el jolgorio en la calle, porque la boda tendría lugar en los jardines y la gente se había reunido alrededor del palacio.

–El pueblo está feliz –comentó la criada, como para intentar animarla.

–Acaban de llegar el rey Rakhal y la reina Natasha –informó otra criada–. Han traído al pequeño príncipe, pero no podrán alardear ante nosotros mucho tiempo más.

La criada que la estaba ayudando le puso un collar con una pequeña botella colgada de él, y antes de que se lo dijese, Amy supo que también era para la fertilidad, ya que Clemira y Nakia habían recibido uno parecido en el desierto.

–Es para asegurarse de que la arena del desierto sigue siendo de Alzan –le explicó.

Y ella notó el collar contra la cicatriz que tenía en el cuello, oyó los gritos de alegría del pueblo y empezó a sudar. Casi no podía ni respirar.

–¿Amy?

Oyó la preocupación en la voz de la criada más joven y los gritos ahogados de las demás al ver que se encontraba mal.

–No puedo hacerlo –fue lo último que recordaría haber dicho antes de caerse al suelo.

Capítulo 17

LLEGA tarde.

Emir oyó susurrar a la multitud y mantuvo la mirada al frente. A pesar de que parecía estar tranquilo, por dentro su estado era otro. No tenía que haber dejado a Amy sola la noche anterior. Sabía que si llegaba tarde era porque no tenía clara su unión. Tal vez para ella fuese demasiado pronto.

–Ya está mejor –le informó Patel–. Le han dado a oler unas sales y algo de beber y no tardará en llegar.

Nada más aparecer, Emir recordó la primera vez que la había visto: pálida y callada, pero fuerte. Lo había ayudado mucho en aquella época tan dura y en esa ocasión quería ser él quien la ayudase, quería apartarla de la multitud, hablar con ella, tranquilizarla, pero, por supuesto, era imposible.

–¿Estás bien? –le preguntó, tomándola de la mano cuando llegó a su lado.

A ella le conmovió el gesto, ya que Emir le había dicho que en Alzan no se demostraban los sentimientos en público.

–Nerviosa –admitió.

Se había vuelto a dar cuenta de la magnitud de lo que iba a hacer al recorrer los jardines y ver a la multitud, y había pensado que se iba a desmayar otra vez. Habían asistido a la boda Hassan, el hermano de Emir, que estaba a su lado; el rey Rakhal y la reina Natasha, regios y espléndidos, a los que casi no miró. Primero había mirado a las gemelas, vestidas de amarillo claro y sentadas en el césped, y aunque se le había derretido el corazón, ese día era Emir quien se había ganado su corazón.

Iba vestida con un vestido color dorado, lo mismo que el *kafeya* que llevaba en la cabeza, y se sintió abrumada al ver a su futuro esposo tan guapo. Estaba deseando estar a solas con él, en el desierto, pero tendrían que esperar a la noche.

Para ser un país de tradiciones tan arraigadas, la ceremonia fue sorprendentemente simple.

–El juez pregunta –le tradujo Emir–, si accedes a esta unión.

–Sí –respondió ella–. *Na'am.*

–Pregunta si me obedecerás.

Ella apretó suavemente los labios. Era un tema del que ya habían hablado antes.

–*Na'am* –respondió.

–Pregunta si criarás a los frutos de nuestra unión.

Emir vio cómo se le llenaban los ojos de lágrimas y deseó abrazarla, pero solo pudo acariciarle la palma de la mano con el dedo pulgar para recordarle que todo iría bien.

–*Na'am.*

El juez volvió a hablar y ella esperó. Emir puso

la mano en el hueco de su espalda y le pidió que se girase.

–¿Qué ocurre ahora? –preguntó.

–Que volvemos a palacio.

–¿Volvemos? –repitió Amy–. ¿Pero la boda...?

–Ya estamos casados –le respondió Emir, y entonces rompió la tradición y besó a la novia.

Después fueron hacia el palacio con las niñas en brazos y Amy vio cómo Emir miraba al cielo. Amy sabía que le estaba diciendo a Hannah que ya podía descansar, que las niñas estarían cuidadas como ella siempre había querido.

Y así sería.

Amy quería estar a solas con él, quería que llegase la noche y estar en el desierto, pero antes tenían que cumplir con otras formalidades, un suntuoso banquete e interminables discursos.

Al llegar el turno de Rakhal, Amy respiró hondo y apretó con fuerza la mano de Emir.

–Mi esposa lo predijo –dijo Rakhal–. Lo supo el día que te conoció. Fue el día de la muerte de mi padre.

A Amy le sorprendió aquello, porque había pasado mucho tiempo y porque por aquel entonces ella todavía no había sentido nada por Emir.

–Y yo le dije que estaba equivocada –continuó Rakhal, mirando a la nueva reina de Alzan–. Insistí en lo mismo el día de la ceremonia en la que le pusimos el nombre a mi hijo, pero es evidente que me equivoqué. Esa predicción no se ha cumplido.

Rakhal miró a Emir antes de añadir:

–Majestad, enhorabuena.

Después le deseó una larga vida, salud, y le dijo que el reino de Alzirz celebraba también aquel día.

Fue muy difícil sonreír cuando Rakhal levantó su copa para brindar.

También fue duro charlar con Natasha un rato después, a pesar de que Amy había decidido ser amable con ella.

Cuando llegó la hora de marcharse al desierto, fueron a despedirse de las gemelas, que volvieron a llamarla mamá. Amy se alegró de no tener que corregirlas y las tomó en brazos, les dio besos y les dijo que las vería al día siguiente.

La noche de bodas en el desierto la asustaba porque tenía la sensación de que este siempre sabía algo que ella ignoraba.

—Está oscuro.

La última vez que había estado allí había habido luna llena, pero esa noche estaba nublado. A Emir no parecía preocuparle.

—Va a llover, y eso es bueno —le respondió.

Cuando aterrizaron llovía con fuerza y Amy se empapó el vestido. Entraron en la tienda donde varias criadas los estaban esperando con ropa seca y todo un banquete. Tenían muchas cosas que decirse, pero Amy solo quería estar a solas con él. Emir debió de darse cuenta, porque pidió a las criadas que se marchasen.

—¿Debería ofenderme que mi esposa no haya disfrutado del día de su boda?

–Me ha encantado, Emir –le contestó ella, mirándolo a los ojos–. Todo.

–¿Todo?

–Me he esforzado en ser educada con Natasha y Rakhal. Sé que debo hacerlo, que sin comunicación...

No quería hablar de ellos esa noche, aunque tenía que admitir que tal vez había sido un tanto brusca.

–En ocasiones tengo que controlarme para estar callada cuando pienso que hay una injusticia.

–Yo lo he conseguido –le dijo Emir–. Ahora tienes demasiadas cosas en la cabeza. Llevo todo el día queriendo hablar contigo. Tienes que saber algo, pero no he encontrado el momento de contártelo.

–¡Ah! –exclamó ella, que había estado a punto de decirle lo mismo a él–. Yo también...

–Amy –la interrumpió este–. Sabes que anoche estuve en el desierto. Estuve hablando con Rakhal.

–¿Y tuvisteis que sacar las espadas? –preguntó ella en tono de broma.

–Rakhal me escuchó el día que fui a hablar con él y, a pesar de que ahora las cosas le van bien, no quiere pasar a su hijo la carga que soporta él. Está de acuerdo en que si no podemos hacer nuestras propias leyes, somos reyes sin poder. Los ancianos se opondrán a nuestra decisión, pero los dos reyes estamos de acuerdo y no habrá marcha atrás.

–No lo entiendo.

–Las predicciones se equivocan –continuó Emir–. Alzan y Alzirz son dos países fuertes y orgullosos.

Ha llegado el momento de que dejen atrás las viejas leyes. Los ancianos y el pueblo se opondrán. Pensarán...

–¡Emir! –exclamó ella–. ¡Emir, espera! Tal vez hoy no haya disfrutado completamente del día, tal vez haya estado distraída... Pero es que no me desmayé por los nervios. El médico de palacio vino a verme...

Jamás habría creído que diría aquello:

–Estoy embarazada, Emir –continuó llorando–. Me ha hecho la prueba dos veces y es seguro. Al parecer, la primera noche que estuvimos juntos...

–Pero si dijiste que era imposible –comentó Emir confundido.

–Al parecer, siempre existe una remota posibilidad –le explicó ella–. Aunque yo no lo sabía hasta hoy.

Emir la abrazó, estaba feliz, aunque tardó unos segundos en asimilar la noticia.

–A lo mejor no hay que cambiar las leyes. A lo mejor es un niño –le dijo Amy.

–Da igual lo que sea, porque lo querremos de todas maneras. Y las leyes cambiarán –sentenció Emir–. Clemira tiene madera de líder y Nakia la ayudará. Tiene derecho a ser la segunda en la línea de sucesión.

–¿Y las predicciones?

–No son más que eso, predicciones.

Emir miró a la mujer que había sanado su maltrecho corazón, la mujer que lo había retado, y no pudo creer que fuese suya. Deseó besarla y abrazarla con fuerza, pero entonces se dio cuenta de por qué se equivocaban las predicciones, y se lo dijo:

—Y no cuentan con que un rey se puede enamorar.

Epílogo

ES PRECIOSO –comentó Emir.
Amy no podía dejar de mirar a su hijo recién nacido. No podía creer que tuviese a su propio hijo en brazos.

–¿Estás seguro de que es mío? –le preguntó a Emir, ya que el niño era igual que él.

Este le dio un beso y Amy se sintió inundada de felicidad.

Emir tomó al pequeño en brazos y Amy vio orgullo y también dolor en su expresión. Debía de estar recordando la última vez que había tenido a un recién nacido en brazos.

–No quiero perderme ni un momento de su vida –le dijo Emir–. Me perdí demasiadas cosas del primer año de las gemelas.

–Había un motivo –lo reconfortó ella, que había llegado a comprenderlo.

–Cada vez que las veía, cada vez que las tomaba en brazos, solo quería hacer lo mejor para ellas, pero tenía la responsabilidad de anteponer el futuro de mi país.

–Debió de ser horrible.

–Al menos sabía que contigo estaban en buenas

manos. Cuando te marchaste y se quedaron con Fatima, me di cuenta de que no podía gobernar un país que no valoraba a mis hijas. No obstante, era una decisión que requería distancia.

–Cierto –admitió Amy–. Ojalá hubieses hablado conmigo... Aunque lo importante es que ha salido bien. Y ya no hace falta que las leyes cambien.

–Tienen que cambiar –le aseguró Emir–. Porque no quiero que mi hijo tenga que tomar algún día la decisión que me he visto obligado a tomar yo. Las predicciones se equivocaban, los dos países están mejor separados. Yo me alegro de tener un hijo por muchos motivos, pero voy a demostrar que si cambio las leyes es porque es lo correcto, no lo necesario. El pueblo lo querrá como quiere a las niñas, como te quiere a ti.

Los cambios de los últimos meses habían sido mucho menos complicados de lo que Amy se había temido. El pueblo había aceptado la decisión de los dos reyes y se había alegrado de que estuviesen unidos y había aceptado a las niñas y a Clemira como futura reina.

–Tu madre llegará en cualquier momento –le recordó Emir.

Amy estaba deseando verla con su nieto en brazos.

–¿Traigo a las niñas para que conozcan a su hermano? –le preguntó él, devolviéndole al niño.

–Sí –respondió ella emocionada.

Sonrió al verlas entrar. Las quería tanto como al niño que tenía en brazos. Las había querido desde que las había visto nacer. Vio cómo a Nakia se le iluminaba el rostro al ver a su hermano. Clemira, por su parte, lo miró un par de segundos y luego se marchó. Nakia no tardó en seguirla y Emir llamó a la niñera para que se las llevase a jugar.

—¿Crees que está celosa? —le preguntó este a Amy—. Casi ni lo ha mirado.

—Es pronto —comentó ella—. Aunque me sorprende. Con Tariq estaba emocionada. Supongo que tardará un tiempo en acostumbrarse...

Un bostezo interrumpió su frase.

Emir la abrazó.

—Tienes que descansar.

—Quédate.

—Por supuesto, pero descansa ahora que puedes. Las próximas semanas serán frenéticas, vendrá tu familia, tendrá lugar la ceremonia en la que le pondremos nombre... Y Natasha ha llamado para decir que está deseando ver al niño.

Amy sonrió medio dormida. Entre sus brazos, todo le daba igual. Y tenía ganas de ver a Natasha, de la que se había hecho amiga.

—Me apetece verla, y Clemira se alegrará de poder jugar con Tariq...

De repente, se le ocurrió una idea.

—¿Emir?

—Descansa.

—Si Clemira está tan emocionada con Tariq... de aquí a veinte años más o menos...

Él frunció el ceño.

—Eso complicaría muchísimo las cosas.

–¿De verdad?

–O las simplificaría –admitió Emir, dándole un beso en la cabeza–. Ahora, duerme. Jamás tomaremos esa decisión en su lugar.

–Pero, ¿y si ocurre? –insistió Amy–. Entonces, los dos países volverían a ser uno, ¿verdad?

–Tal vez.

Amy cerró los ojos y dejó de pensar en el futuro, disfrutó del presente.

Entonces fue Emir quien rompió el silencio.

–¿Y si estoy equivocado? –comentó, sintiendo una completa paz interior–. ¿Quién soy yo para decir que las predicciones no se hicieron teniendo en cuenta el amor?

Bianca

Era una atracción imposible…

El millonario Vito Barbieri tenía un vacío inmenso en su corazón desde que Ava Fitzgerald le había robado lo que más amaba, la vida de su hermano. Tres años después del trágico accidente, Ava salió de la cárcel sin más posesión que unos cuantos recuerdos confusos de aquella noche, de su encaprichamiento con Vito y de lo humillada que se había sentido cuando él la rechazó.

Una mañana, Vito descubrió que la empresa que acaba de adquirir había contratado a Ava Fitzgerald y, naturalmente, decidió vengarse. Pero sus planes dieron un giro inesperado cuando el deseo se cruzó en el camino.

Inocencia probada

Lynne Graham